L'AGNOSTICISME

DE

M. HERBERT SPENCER

43
89

—

ÉTUDE CRITIQUE

PAR

ÉLIE GOUNELLE

MONTAUBAN

IMPRIMERIE TYPOGRAPHIQUE ET LITHOGRAPHIQUE J. GRANIÉ

14, Avenue Gambetta, 14

1889

2

L'AGNOSTICISME

DE

M. HERBERT SPENCER

———

THÈSE

PUBLIQUEMENT SOUTENUE

DEVANT LA FACULTÉ de THÉOLOGIE PROTESTANTE de MONTAUBAN

En Juillet 1889

PAR

ÉLIE GOUNELLE

BACHELIER ÈS LETTRES

POUR OBTENIR LE GRADE DE BACHELIER EN THÉOLOGIE

MONTAUBAN

IMPRIMERIE ADMIMISTRATIVE ET COMMERCIALE J. GRANIÉ

14, Avenue Gambetta, 14

—

1889

RÉPUBLIQUE FRANÇAISE

UNIVERSITÉ DE FRANCE

Académie de Toulouse

FACULTÉ DE THÉOLOGIE PROTESTANTE DE MONTAUBAN

PROFESSEURS

MM.

Bois, ✳, Doyen,	*Morale et éloquence sacrée.*
Pédézert, ✳,	*Littérature grecque et latine.*
Monod, ✳,	*Dogmatique.*
Bruston,	*Hébreu et critique de l'A.-T.*
Wabnitz,	*Exégèse et critique du N.-T.*
Doumergue,	*Histoire ecclésiastique.*
Leenhardt, prof. adjoint,	*Sciences naturelles.*
Allier, chargé de cours,	*Philosophie.*
H. Bois, chargé de cours,	*Histoire et Littérature.*

EXAMINATEURS

MM. DOUMERGUE, *Président de la soutenance.*

BOIS, ✳,

ALLIER,

MONOD, ✳.

A MON PÈRE ET A MA MÈRE

A MME JULES MOLINES

E. G.

INTRODUCTION

———

Il est des problèmes qu'on n'aborde pas sans trem-
bler : celui de la connaissance est du nombre. Il se
divise en deux problèmes : Quelles sont les limites de
la connaissance ? Quel en est le contenu ? La philosophie, qui est une méthode et qui a pour objet d'as-
signer des bornes au savoir, répond à la première
question. La science répond à la seconde, dans la me-
sure du possible. C'est la question de limite que nous
voulons aborder. Pour préciser encore notre sujet,
c'est la théorie de l'Inconnaissable de M. Spencer
que nous étudierons, en faisant converger l'exposé et
l'examen de cette doctrine vers la question capitale
d'une réconciliation de la religion et de la science
sur le terrain même de l'agnosticisme.

Qu'est-ce que l'agnosticisme ? Une définition précise est difficile, car l'agnosticisme est plutôt une attitude générale qu'une doctrine, une conséquence de

certaines théories de la connaissance plutôt que ces théories elles-mêmes.

L'agnoticisme est en somme une attitude prise par tout vrai partisan de la relativité de la connaissance vis-à-vis de la métaphysique, de la religion et de la théologie (1). Une doctrine est *agnostique* quand elle exclut de la connaissance *réelle* la métaphysique, et plus particulièrement l'absolu, et qu'elle essaie ensuite de s'arranger avec la religion, soit en la supprimant, soit en lui trouvant un domaine. C'est ainsi que le positivisme, le criticisme français et le néo-kantisme théologique de l'Allemagne sont des systèmes agnostiques.

Est-il besoin de légitimer cette étude? N'est-ce pas un bruit de guerre contre le christianisme que roule le vent de l'incrédulité? Il semble que tout cet édifice majestueux qui compte dix-neuf siècles de gloire, que cette foi, cet évangile, ce christianisme enfin qui ont été les initiateurs de tous les progrès et les propagateurs de toutes les lumières, vont s'écrouler sous les coups de la critique, et que les ruines seront grandes.

On s'acharne contre la religion, sous prétexte qu'elle s'oppose à la science et à la raison. On veut ébranler les vieilles idoles de l'humanité et reléguer la foi dans le monde des rêves. On pense qu'en réduisant la science à un subjectivisme mal entendu, c'est-à-dire

(1) Le mot *agnosticisme*, d'origine grecque, a été forgé en Angleterre pour désigner spécialement la doctrine de M. Spencer sur l'Inconnaissable. MM. Pillon et Renouvier, chez nous, revendiquent pour leur philosophie le caractère vraiment et franchement agnostique. (Voir *Critique philosophique*, 1887, p. 347.)

à une sorte d'illusionisme universel, ce qui importe peu assurément, on réduira du même coup la religion au néant, et c'est là ce qui importe !

Les attaques aujourd'hui prennent une forme nouvelle. Le scepticisme n'existe plus guère sous la forme souvent brutale, quelquefois polie, que combattait la théologie du siècle dernier et de la première moitié du nôtre. Il s'appelle aujourd'hui l'agnosticisme. On ne dit plus, dès qu'il s'agit de croyances religieuses ou de choses qui nous dépassent le commode : « *que sais-je?* », on dit : « *j'ignore* ».

Le prétendu ennemi, c'est donc l'ignorance, mais l'ignorance qui se connaît, la *docta ignorantia*. Eh bien, nous pensons que cet ennemi n'est pas aussi redoutable qu'on veut bien le dire. Qui sait même s'il ne serait pas notre meilleur ami ?

Le positivisme est la grande voix du siècle qui s'est élevée contre la métaphysique. Il a son histoire. Avec A. Comte, son fondateur, il rejeta toute spéculation métaphysique et même toute étude de l'esprit humain, et supprima toute religion... sauf à en fonder une ensuite ! Avec Littré, le positivisme adoucit un peu la forme autoritaire du maître, mais conserva l'esprit. La logique et le progrès aidant, on fit en Angleterre des concessions : S. Mill rappela de l'exil la psychologie qu'on croyait à tout jamais bannie, et parla même d'une conciliation possible entre la science et la religion. Il laissa à cette dernière *l'espérance* d'une fin suprême, d'un idéal moral pour l'humanité future. Cette religion, toute d'imagination, n'est cependant là que pour consoler de la vie. A la révélation, au surnaturel, à la divinité même, S. Mill oppose toujours son scepticisme rationnel. — Loin d'aboutir à une conciliation, A. Comte et S. Mill n'ont fait qu'envenimer la querelle. Ils ont tranché la question en supprimant l'un des termes du problème.

Aujourd'hui le positivisme fait plus de concessions encore ; les systèmes se corrigent et quelquefois se détruisent eux-mêmes. Non seulement M. Spencer s'occupe plus que personne de psychologie, mais, tout en excluant la métaphysique première, il expose en un langage dont serait jaloux les plus forts métaphysiens tout un système qui n'est en somme qu'une métaphysique substantialiste et panthéiste! Bien plus : ce positiviste, disciple de Comte et admirateur de S. Mill, génie très souple, à l'imagination ardente, aussi grand savant qu'habile logicien, nous propose une réconciliation originale de la religion et de la science.

La philosophie de M. Spencer, nous dit M. Cazelles, « résout pour la première fois le difficile problème posé par la lutte séculaire de la religion et de la science représentée ici par la philosophie, qui en est la plus haute expression » (1). Il vaut donc la peine d'étudier un système qui se donne comme une solution définitive et qui se présente à nous comme le couronnement du positivisme tout entier.

(1) *Premiers Principes* (préface, p. LXXVI), par H. Spencer

PREMIÈRE PARTIE

LA THÉORIE DE L'INCONNAISSABLE (1)

I

LE PROBLÈME

§ 1. *Méthode.* — « Il y a, dit M. Spencer, une âme de vérité dans les choses fausses » (2). D'après cela, toute croyance a quelque chose de vrai, mais aussi quelque chose de faux. Plus une idée aura d'adhérents, plus elle durera longtemps, plus aussi elle aura de chances d'être vraie. Si ces données sont fondées, il devra y avoir un *principe commun* dans les « *croyances les plus opposées* ». Ce principe, par cela même qu'il sera commun à plusieurs croyances, aura *la plus grande probabilité.* Il faut bien saisir ce point

---

(1) Cet exposé sera fort succinct, par suite de certaines circonstances. Aussi bien est-ce une idée générale de cet agnosticisme que nous avons voulu donner.

(2) *Premiers Principes,* p. 1 (édition Cazelles, chez Alcan, Paris).

de départ : il est comme la clef de voûte de l'édifice que va élever M. Spencer.

La *méthode* logique, qui se déduit des prémisses que nous venons de poser, consistera à « comparer toutes les opinions du même genre ; à mettre de côté, comme se ruinant plus ou moins l'un l'autre, ces éléments spéciaux et concrets qui font le désaccord des opinions ; à observer ce qui reste après l'élimination de ces éléments discordants, et à trouver pour ce résidu une expression abstraite qui demeure vraie dans toutes ses modifications divergentes » (1). Telle est la méthode que nous allons voir appliquer avec une fidélité qui ressemble presque à de l'esclavage. Il est une conséquence qui saute aux yeux de tout le monde : c'est qu'aucune opinion n'est vraie absolument, c'est que personne n'a tout à fait tort, ni tout à fait raison. M. Spencer échappera-t-il à cette sentence ? Ne se condamne-t-il pas lui-même *a priori* à n'avoir pas tout à fait raison ?

§ 2. *Les deux partis à concilier.* — Nous sommes en possession d'un criterium et d'une méthode : abordons le conflit. Nous avons à opérer une réconciliation entre la religion et la science.

Faisons connaissance avec chacune d'elles. Voici d'abord *les croyances religieuses* : elles reposent toutes « sur quelque fait ultime » et réel. *L'universalité des croyances*, d'abord, suppose qu'elles ont toutes un certain fondement, ce qui est une très forte présomption en faveur du fait ultime des religions.

(1) *Op. cit.*, p. 8.

Ensuite, quelle que soit l'origine du sentiment religieux, qu'on admette l'hypothèse d'une création spé-
ciale ou celle d'une « opération d'évolution », on
aboutit toujours à la même conclusion générale, à
savoir que *le sentiment religieux est « adapté à tous
les besoins de l'existence »*, et par conséquent au
bonheur général : d'où il suit que les deux hypothèses en présence nous imposent en tout cas le respect du sentiment religieux. — Une troisième consi-
dération prouve encore que les croyances religieuses
ont un fondement de vérité : *l'esprit de recherche
n'est jamais satisfait* et pose toujours cette question :
« Qu'y a-t-il après? » Après? mais c'est justement le
domaine de la religion! « La religion prend pour
objet ce qui dépasse la sphère de l'expérience » (1).
Ainsi, l'omniprésence des croyances, l'existence du
sentiment religieux et la « Nescience » prouvent
unanimement que les croyances religieuses ont un
fondement de vérité.

Passons à l'autre parti, à *la Science*. Il s'agit de
prouver qu'il doit y avoir pour elle, comme pour la
Religion, un fait ultime et réel. Mais cela n'est-il pas
évident? La science est « un développement d'un ordre
supérieur de la connaissance vulgaire » (2) : son rôle
est de diriger la conduite. « *Savoir, c'est prévoir* »,
dit le grand évolutionniste après Comte. La connaissance vulgaire, tout le monde l'estime : la Science, qui
en est le développement, a donc une valeur incontes-
table; elle est « la révélation de l'ordre de l'Univers

(1) *Op. cit.*, p. 14.
(2) *Op. cit.*, p. 15.

par l'intelligence de l'homme » (p. 16). Sa valeur, son origine, son rôle nous imposent le respect.

Tels sont les deux partis en présence. Tous deux reposent sur la réalité : il doit y avoir harmonie, il faut qu'il y ait harmonie, car on doit rejeter le dualisme illogique qui consisterait à admettre deux ordres de vérités opposées. Mais comment opérer la conciliation? Fidèle à notre méthode, nous allons chercher la « vérité ultime » commune aux deux rivales. Cette vérité ultime sera à la fois « l'élément commun des croyances religieuses » et le fait dernier de notre intelligence. Ce ne sera ni un dogme — la Science le renierait, — ni une vérité scientifique, — la Religion n'en voudrait pas! — Ce sera donc une vérité très abstraite, très générale, la plus générale de toutes les vérités. Si nous trouvons un tel élément, il devra unir « les pôles positif et négatif de la pensée humaine » (1). La question est nettement posée. Nous avons devant nous deux adversaires, imposant tous deux le respect, et qu'il s'agit de concilier d'après une méthode bien simple, qui consiste à chercher le fait ultime commun.

II

LES IDÉES DERNIÈRES DE LA RELIGION
ET DE LA SCIENCE

Eclairés par ces explications préliminaires, allons à la recherche du fait ultime. Il s'agit d'abord de con-

(1) *Op. cit.*, p. 19.

cilier *les croyances religieuses* entre elles, c'est-à-dire de chercher le fait ultime qui leur est commun.

Pour cela, il importe de savoir au juste ce qu'est une *conception*. M. Spencer nous donne ici une théorie dont voici la substance. Toutes les fois que nous concevons à peu près complètement une chose (un rocher, par exemple), nous avons une « *conception proprement dite* ». Mais s'il s'agit de nous faire une idée de la terre, nous n'arrivons qu'à une conception approximative, figurée : on appelle un tel état de conscience une « *conception symbolique* ». Volontiers nous exprimerions la loi du symbolisme dans cette formule : le symbolisme des conceptions grandit en raison de l'hétérogénéité des objets conçus. Si les représentations sont extrêmement imparfaites, alors on n'a plus que de *purs symboles*. Les conceptions symboliques peuvent être réelles, à condition toutefois qu'on puisse vérifier la certitude de leur réalité; sinon, ce ne sont que de « *pures fictions* ». Dans ses *Principes de Psychologie*, notre auteur développe plus longuement cette théorie, d'ailleurs bien connue, du symbolisme. Cela dit, abordons l'étude des idées dernières de la religion.

§ 1. *Les idées dernières de la religion.* — M. Spencer appelle ainsi les réponses proposées aux deux questions du *problème* et de la *nature* de l'Univers. L'examen critique de ces réponses va nous montrer qu'elles sont toutes insoutenables.

Le problème de l'origine peut se formuler ainsi : D'où vient l'Univers ? — Trois réponses, trois hypothèses : l'hypothèse de l'existence par soi (c'est celle

de l'athéisme); — l'hypothèse de la création par soi
(c'est celle du panthéisme); — l'hypothèse de la création par une puissance extérieure (c'est celle du
théisme). — Mais l'athéisme, en niant la création,
aboutit à cette idée inconcevable d'une existence sans
commencement! Mais le panthéisme, avec sa théorie
de l'immanence, aboutit à cette idée inconcevable
d'une puissance qui n'est ni quelque chose, ni rien.
Mais le théisme, en affirmant la création, n'aboutit à
rien de réel, car il ne nous apprend pas ce que le
grand évolutionniste appelle le « *mystère vrai* » (1),
c'est-à-dire « l'origine des matériaux dont l'Univers
a été composé » (1). Cette dernière hypothèse suppose
peut-être un « grand artiste »; elle explique, à la rigueur,
l'arrangement, mais non pas la création *e nihilo*.
Mais accordons au théisme cette création *e nihilo*.
M. Spencer, qui, bien à tort, *réalise* tout, demande d'où
vient ce nihil? Ce vide est-il concevable? — On parle de
puissance : d'où vient-elle, cette puissance créatrice?
— Oh! sans doute, nous aimons à nous reposer dans
ce néant; la pensée a sa paresse et son impuissance,
et, avec M. Spencer, nous croyons qu'elle abdique,
quand elle dit que tout vient de rien : mais comment
faire?... Peut-être vaudrait-il mieux avouer son ignorance et se taire? En tout cas, constatons que logiquement l'hypothèse du théisme aboutit à une *série
illimitée*, c'est-à-dire, en somme, à l'hypothèse de
l'existence par soi (celle de l'athéisme), que l'on re-
pousse avec indignation pour la création, et que l'on
suppose pourtant vraie pour Dieu. L'esprit a de ces in-

(1) *Op. cit.*, p. 29.

conséquences! — Bref, les trois hypothèses proposées
sont inconcevables. « Chacune contient, dit M. Spencer, des conceptions symboliques illégitimes et illu-
soires ».

Les théories proposées sur *la nature de l'Univers*
ne sont pas plus satisfaisantes, car on se heurte sans
cesse à l'idée hypothétique de la cause première.
Quelle est la nature de l'Univers? est-elle *finie, indéfinie ?* — Si elle est finie, elle a une limite, et alors
il y a quelque chose au-delà de la limite qui n'a pas de
cause première, ce qui est inconcevable, puisque ce
serait admettre un infini sans cause « enveloppant le
fini causé » (1). La cause première est donc infinie
et, de plus, indépendante. Si nous creusons cette conception, nous verrons que, de l'indépendance de la
cause première, nous devons conclure à l'absence de
relation, et que la cause première n'est telle que si elle
est parfaite dans tous les sens, que si elle est *absolue.*
Les idées dernières de la Religion nous jettent dans
l'infini et dans l'absolu. — Il va sans dire que tout ce
raisonnement est pétri de « *conceptions symboliques
de l'ordre illégitime* ». Il suffit, pour s'en convaincre,
d'étudier l'ouvrage de M. Mansel : *Limits of Religious thought.* « On ne peut pas mieux faire, dit
M. Spencer, que M. Mansel » (2). Voici, en substance,
la thèse que soutient cet auteur sur les trois notions
de cause première, d'infini et d'absolu. Elles im-

(1) *Op. cit.,* p. 32.
(2) *Op. cit.* p. 34. M. Spencer ajoute qu'il invoque Mansel « parce
que les raisonnements d'un auteur qui se consacre à la défense de la
théologie orthodoxe pourront être mieux reçus de la majorité des lec-
teurs ».

pliquent contradiction, « sitôt, dit notre théologien, qu'on les considère réunies, comme les attributions d'un seul et même être ».

En effet, « ce qui devient *cause, sort de ses propres limites* » : il cesse donc d'être infini. — L'absolu, à son tour, *ne peut être cause*. Voici, pour autant que je puis le saisir, le fil de son argumentation : une cause première ne peut être conçue que comme libre, car si elle était nécessitée, elle ne serait plus première; mais la liberté suppose un être conscient, et la conscience n'est elle-même concevable que comme relation ; or, que serait un absolu qui aurait une relation quelconque avec un objet quelconque, fût-ce lui-même? Ce serait une notion contradictoire! Ce serait un absolu... relatif! Dès lors, la contradiction des trois notions de cause première, d'infini et d'absolu, est démontrée. Il est évident que les applications directes de ces conceptions sont, *a fortiori*, contradictoires : par exemple, la puissance et la bonté infinies, la justice et la miséricorde infinies, la sagesse et la liberté infinies, l'existence du mal et la perfection de l'être éternel sont des conséquences contradictoires de trois notions contradictoires.

Jusqu'ici, M. Spencer est absolument disciple de M. Mansel. On n'arrive, sur la nature de l'Univers, qu'à des « *propositions négatives* ». *Athéisme, panthéisme, théisme,* d'une part; *cause première, infini, absolu,* de l'autre, sont choses également inconcevables, parce que ce sont choses également contradictoires. Mais nous n'avons pas perdu le fil de nos idées, et nous demandons : où est, dans cet amas de négations et d'inconcevabilités, la vérité ultime que nous cherchons ? C'est ici qu'on ne peut s'empêcher d'admirer la souplesse du génie anglais. Des ténèbres les plus profondes de la négation la plus hardie va ·jaillir la lumière; le fait ultime, la vérité par excellence va se dégager de la contradiction même. Est-ce un jeu ? Est-ce une bravade ? « *Les religions diamétralement opposées* », nous répond-on, « *s'accordent à reconnaître tacitement* » (le mot est commode) « *que le monde... est un mystère qui veut une explication* » (1). Vous entendez bien : un « *mystère* »! c'est-à-dire la forme positive de toutes les contradictions précédentes. Tout cela est habile : mais c'est ici qu'est le défaut du système pour quiconque veut bien y réfléchir sérieusement : au lieu de nier le contradictoire, comme toute théorie *rationnelle* doit le faire, on le transforme en *réalité* simplement *inconcevable*, et on le relègue dans l'Inconnaissable, sans le nier! Savoir transformer au bon moment une négation en une affirmation positive, en un fait ultime réel, est ingénieux, mais illégitime! Désormais M. Spencer peut faire voter toutes les religions sur ce dernier point, *sur ce fait ultime;* toutes votent pour, toutes, jusqu'à l'athéisme, car il ne faut pas oublier que pour M. Spencer l'athéisme est une croyance religieuse. Donc, unanimité complète. Si la religion et la science peuvent s'accorder, ce ne pourra être, ce ne sera que sur ce fait profond, abstrait, large, à savoir « *que la puissance dont l'Univers est la manifestation pour nous est complètement impénétrable* » (2).

(1) *Op. cit.*, p. 38.
(2) *Op. cit.*, p. 40.

c — 2

§ 2. — *Les idées dernières de la science.* — L'étude
des « *idées dernières de la science* » ne peut que
nous amener à la même conclusion. Ces idées dernières sont l'espace et le temps, la matière, le mouvement, la force et la conscience.

Qu'est-ce que l'*espace* et le *temps* ? Pour l'objectivisme, ce sont des entités, des choses, et en cela l'objectivisme se trompe. L'expérience montre qu'il est
impossible de se les représenter comme des choses.
Pour concevoir des entités, il faudrait connaître leurs
attributs ; mais qui pourrait dire quels sont ceux de
l'espace ? Une autre raison fait crouler l'objectivisme :
toutes les entités connues sont limitées : or, l'espace
et le temps sont illimités. Ce sont bien, M. Spencer le
reconnaît, des choses existantes, mais ces existences
sont inconcevables. Le subjectivisme, avec Kant, fait
de l'espace et du temps des formes *a priori* de l'en-
tendement. Mais un pareil subjectivisme est pour
M. Spencer une « pseudo-idée ». Comment, en effet,
combiner l'espace et le temps avec la personnalité ?
C'est impossible ; s'ils appartiennent au moi, ils ne
peuvent appartenir au non-moi : or, on ne peut concevoir le non-moi sans l'espace et le temps. M. Spencer
trouve également impossible de considérer l'espace et
le temps comme la propriété de la conscience ; impossible encore pour une chose d'être à la fois la *forme*
et la *matière* de la pensée, d'être tout ensemble la
condition et l'objet de la conscience. On ne pourrait
admettre cette dernière impossibilité qu'en supposant
des « *pensées inconditionnées* », ce qui serait absurde. Ainsi, pas de doute : l'espace et le temps sont
parfaitement incompréhensibles.

Sur la *matière,* même conclusion décevante; sa divisibilité et son indivisibilité à l'infini sont des symboles invérifiables. Sur la nature même de la matière, on a fait trois grandes hypothèses, toutes trois encore contradictoires. L'hypothèse que la matière est absolument *solide* est insoutenable devant le simple fait de la compressibilité des corps et devant la loi mécanique de la *continuité.* Quant à l'hypothèse de Newton, d'après laquelle la matière serait composée d'atomes solides qui ne sont pas en contact, mais qui agissent les uns sur les autres par des forces d'attraction et de répulsion, elle ne fait que reporter sur des atomes hypothétiques la difficulté qu'on veut enlever. Quelle est, demandera-t-on toujours, la nature de ces atomes? Si, pour les expliquer, on en appelle à des atomes plus ténus encore, eh bien, dans ce cas encore, la question se reposera. Quelle est la nature de ces nouveaux atomes ? La logique est désespérante. Elle aboutit toujours à une série illimitée, autant dire à une difficulté illimitée. Reste l'hypothèse de Boscovich. Elle combine l'hypothèse précédente avec celle de Leibniz, d'après laquelle la matière est un composé de monades sans étendue : c'est la théorie des *centres de force* sans étendue, qui a fait tant de bruit dans le monde scientifique ; cette hypothèse nous rend-elle compte de la nature de la matière? Non : ce système a une inconcevabilité monstrueuse dès le point de départ : Qu'est-ce qu'un centre d'action absolument sans étendue, qui, attirant ou repoussant des points sans dimension comme lui, constitue (si je comprends bien l'hypothèse, j'entends si je la comprends verbalement) une matière étendue? Avec M. Spencer, je n'ai pas

de peine à avouer que c'est inconcevable! Jamais une
addition de points sans étendue ne feront une matière
étendue. Donc, enfin, la matière est incompréhensible
dans sa nature intime.

Même conclusion pour le *mouvement*. Sommes-
nous bien sûrs de la *direction* du mouvement? Ecou-
tons M. Spencer : il suppose une expérience curieuse :
un capitaine marche sur le pont de son vaisseau du
côté de l'Est; vous dites : il va vers l'Est! Eh bien non,
son vaisseau l'emporte vers l'Ouest aussi vite que ses
pas vers l'Est : quelle est sa direction maintenant?
Un instant embarrassé, vous finissez par répondre
qu'en somme il ne bouge pas! Eh bien non! Le mouvement de la terre autour de son axe entraîne le ba-
teau du côté de l'Est avec une très grande vitesse. Vous
rectifiez votre jugement et vous dites : le capitaine va
vers l'Est. Eh bien, vous vous trompez encore, car la
terre entière (et par conséquent le vaisseau) suit son
orbite habituelle dans la direction de l'Ouest. Vous
rectifiez une fois de plus votre jugement... et ainsi de
suite, jusqu'à ce qu'on se perde sur le chemin de l'éclip-
tique, et finalement dans l'infini! Est-il besoin de
prouver après cela que le vrai mouvement nous
échappe dans sa direction? — Et la *réalité* du mouvement, en sommes-nous plus sûrs? Non, car il faudrait concevoir des points fixes dans l'espace par rap-
port auxquels les mouvements sont absolus. Mais le
mouvement absolu n'est pas plus « cogitable » que
tout à l'heure la direction absolue! Le mouvement
suppose l'espace qui est inconcevable; il est donc
évident qu'un changement de lieu l'est aussi.

La *force* est un symbole, une impression de notre

conscience. La force en elle-même ressemble-t-elle à cette impression ? C'est absurde de le penser, mais c'est nécessaire. Absurde et nécessaire est encore la connexion entre la force et la matière : Newton et Boscovich sont en effet obligés de supposer que des actions se produisent « *à travers l'espace vide* ».

L'éther dont on parle tant de nos jours, et avec lequel on essaie de combler cet espace vide, ne fait que prendre sur lui la grosse difficulté. Quelle est la nature de l'éther ? voilà ce que devient la question. Pour cet éther, comme pour la matière, on a supposé des atomes ténus, puis d'autres encore plus ténus, et l'on a donné des noms à ces atomes ! L'exercice de la force est incompréhensible.

La *conscience* est, elle aussi, une idée dernière de la science. Les états de conscience sont, pour le positivisme anglais, objets de science, ce qu'avait nié Auguste Comte. Eh bien, la conscience, cette chaîne de « modifications subjectives », n'est pas *infinie,* car elle serait inconcevable. Elle n'est pas *finie,* car « nous ne lui connaissons pas de bout ». Donc, son étendue est inconnaissable. Personne n'a jamais pu contempler ni le premier ni le dernier état de sa conscience.

Encore inconcevable, quoique réelle, est la substance de la conscience. Pour notre philosophe, qu'on soit substantialiste, phénoméniste ou même sceptique, peu importe : on doit admettre forcément, logiquement, la réalité du moi. Mais forcément, logiquement aussi, cette croyance est « injustifiable ». Qui admettrait la validité de la conscience serait taxé avec dédain de kantisme. Se rendre compte de la réalité de la conscience, comprendre, comme Mansel, la validité de l'intuition immédiate! Mais si cela était possible, il y aurait alors *une « idée dernière de la science »* au moins, qui échapperait à l'inconcevabilité générale! Mais rassurons-nous : pour réduire à néant cette vieille théorie kantienne de la perception de soi, M. Spencer oppose le non moins vieux argument comtiste de l'*antithèse* du sujet et de l'objet. Et le voilà répétant que, être à la fois objet perçu et sujet percevant, c'est aboutir à l' « anéantissement du sujet et de l'objet ». Or, cet anéantissement même est une inconcevabilité. Le refrain monotone de toutes ces chansons, c'est que, « dans son essence intime, rien ne peut être connu ».

III

ANALYSE DE LA PENSÉE, OU RELATIVITÉ DE LA CONNAISSANCE

Après la démonstration empirique de la relativité de la connaissance vient la démonstration rationnelle, par l'analyse des produits de la pensée, et par celle de l'opération de la pensée.

a) Les produits de la pensée ne sont autre chose que les explications des faits. Pour expliquer un fait, il faut le *comprendre* (c'est-à-dire assimiler son cas à d'autres cas), ou chercher des *solutions* (c'est-à-dire ranger ce cas nouveau dans une classe de cas déjà connus), ou enfin, donner des *interprétations* (c'est-à-dire procéder par analogie). Si la science confirme ces ex-

plications, ces relations de fait, alors nous connaissons quelque chose de la nature des phénomènes. Cette
opération n'est pas illimitée : il faudrait un temps
infini. Elle est donc limitée, ce qui signifie que le
fait dernier de la connaissance est incompréhensible.

b) Le nœud du problème est dans *l'opération de la
pensée :* Hamilton, Mansel et M. Spencer vont nous
montrer comment le travail même de la pensée établit la relativité de nos connaissances. L'esprit, dit
Halmiton dans sa *Philosophie de l'Inconditionné,*
ne peut concevoir, et par conséquent connaître, que le
« limité et le limité conditionnellement ». L'inconditionnellement illimité (c'est l'infini) et l'inconditio-
nellement limité (c'est l'absolu) sont inconcevables.
Peut-on concevoir un tout absolu, une partie absolue, un tout infini? Evidemment non, car pour faire
la « synthèse infinie des touts finis, il faudrait un
temps infini ». Avouons que la phrase elle-même est
presque inconcevable. Quand au relatif, au conditionnellement limité, il est seul connaissable. « Penser, c'est conditionner », voilà la grande idée de Hamilton. « La limitation conditionnelle, nous dit ce
philosophe, est la loi fondamentale de la pensée »;
cela signifie que l'esprit ne peut dépasser les limites
de la pensée. L'absolu, à ce compte, n'est donc que la
négation de la pensée. Penser l'absolu est un non-
sens. Personne ne peut sortir du conditionné : le
conditionné, c'est le nom de notre prison. Mais voici
qui devient original. Hamilton voit dans l'incapacité,
dans l'impuissance de la connaissance ainsi condi-
tionnée, à saisir ce qui la dépasse, la base même de la
foi. L'impuissance de la raison amène ce penseur à se

jeter éperdument dans ce qu'il appelle « la révélation merveilleuse » de l'inconditionné. Il y a là une grande part de vérité; mais nous discuterons plus tard.

Mansel, dans son ouvrage sur *Les limites de la pensée religieuse,* soutient la même thèse, mais un peu différemment. Pour lui, la conscience (c'est son point de départ) implique distinction entre un objet et un autre. Mais qui dit distinction dit limitation : donc l'infini ne peut être distingué du fini, car ce serait limiter l'infini, c'est-à-dire le nier. D'ailleurs, comment pourrait-on soutenir qu'une chose illimitée soit reconnue par une chose limitée? Ce serait contradictoire, car la notion d'indéfini est « *la pure négation de la pensée* ». Comme Hamilton, notre théologien trouve que *concevoir l'infini* est impossible et contradictoire; c'est comme si l'on disait que l'on conçoit l'inconcevable! Cependant, quand on dit qu'on a « la conception de l'infini », on affirme tout de même quelque chose de compréhensible, — nous sommes ici en présence d'un fin dialecticien, — on affirme, dis-je, que si la condition de la conscience, c'est la distinction, la condition de la distinction, c'est la limitation (1).

Mansel donne une autre preuve de la relativité. Quand on étudie la conscience, on s'aperçoit qu'elle n'est possible que sous forme de relation. Il faut l'union de deux facteurs pour qu'il y ait conscience : un sujet conscient et un objet conçu. Si cela est vrai, la notion d'absolu est contradictoire. Si je saisis bien Mansel, voici comment la chose se passerait si l'on

(1) *Op. cit.,* p. 68.

avait conscience de l'absolu : il se ferait une distinction
(tout au moins factice), puisque la conscience implique
distinction entre un « objet donné en relation dans
notre conscience » et « un objet qui existe sans relation avec la conscience » ; une fois cette distinction
faite, il faudrait établir l'identité de ces deux objets.
Pour cela, il y aurait à dédoubler en quelque sorte
l'absolu. Or, Mansel, qui pense un peu comme Hamilton, a dû se rappeler que, pour ce dernier philosophe, l'absolu, c'est l'inconditionnellement limité.
Le mot est dédoublé. Pourquoi Mansel n'essaierait-il
pas de dédoubler la chose? Dès lors, si l'absolu peut
être conçu, ce n'est que si l'on peut *identifier* l'objet
(ici, ce serait la partie limitée de l'absolu), l'objet,
dis-je, donné en relation, avec l'objet inconditionné.
Mais une pareille identité étant impossible à établir,
nous ne pouvons concevoir une existence absolue. La
relation, voilà donc pour Mansel la seconde preuve
de la relativité de la connaissance.

M. Spencer arrive à la même conclusion par l'étude
d'une autre *condition* de la pensée : c'est la *ressemblance* qui conditionne et, par suite, limite la pensée.
Sans la ressemblance, sans l'intégration, comme dit
notre philosophe, la conscience ne serait qu'un chaos.
De là, cette définition : l'intelligence, c'est « la conscience bien ordonnée ». Pour bien ordonner, dit-il,
il faut bien classer ; c'est-à-dire, avant d'obtenir des
cognitions, il faut avoir des recognitions. On ne connaît que ce qu'on connaît pour la seconde fois.
M. Spencer pense, par exemple, que dans la première
période de l'intelligence il n'y a pas de cognition : il
en donne pour preuve la confusion de la conscience

chez l'enfant. En résumé, n'est connu que ce qui est classé, il est impossible de classer la cause première, l'infini et l'absolu ; donc, l'inconditionné est parfaitement inconnaissable.

Nous sommes arrivés à cette conclusion par trois séries de preuves, tirées des conditions de la pensée, la *relation,* la *différence* et la *ressemblance ;* nous devons ces preuves à trois philosophes : Hamilton, Mansel, M. Spencer.

Si maintenant nous examinons la connexion qui unit le monde et l'esprit, nous rencontrons *la vie.* Notre philosophe définit la vie « une adaptation continuelle des relations internes aux relations externes » (1). Il n'existe, en effet, et nous ne pouvons connaître que des relations. Cette définition de la vie nous conduit à celle de la vérité, tant il est vrai que ce sont choses voisines ; la vérité, c'est « la correspondance exacte des relations subjectives avec les relations objectives ». L'erreur, c'est donc « l'absence de cette correspondance exacte. » La vérité, c'est la vie ; l'erreur, c'est la mort. Celui qui a dit : « Je suis la vérité et la vie » n'a-t-il pas, avant M. Spencer, proclamé l'identité de ces deux choses ? Quant à l'erreur, n'est-ce pas une conséquence de ce que le Christianisme appelle le péché, et le péché n'est-ce pas la mort ?

La pensée étant liée à la vie, penser c'est établir des relations, dit M. Spencer ; c'est conditionner, dit Hamilton ; c'est limiter, dit Mansel.

Mais ce n'est pas tout d'affirmer la relativité, il

(1) *Premiers Principes,* p. 74.

faut faire une charge contre la « chose en soi ». Et
voilà M. Spencer, mieux encore qu'A. Comte et S.
Mill, qui s'acharne à prouver qu'elle ne sert à rien,
toute réelle qu'elle soit. Pour être dans la vérité, pour
conserver la correspondance exacte entre des relations, il suffit « de connaître les agents qui nous
impressionnent dans leur coexistence et leurs sé-
quences ». Il n'y a que des rapports de coexistence et
de succession : les connaître, serait connaître la vérité.
On ne peut mieux dire, et il semble que la conclusion
naturelle, c'est qu'il faut n'admettre que le phénomène : pas du tout, et c'est ici que notre auteur
me paraît abandonner le positivisme... et la logique !
Il accorde d'ailleurs que, logiquement, on peut avoir
raison de rejeter le noumène, mais qu'on a tort psy-
chologiquement : il faut tenir compte, selon lui, « d'une
conscience indéfinie qui ne peut être formulée ».

Outre les lois de la conscience définie, il existerait
des pensées « *incomplètes* », mais qui n'en seraient
pas moins réelles pour cela. Voilà pourquoi, quand
nous parlons de l'absolu, il doit être présent dans
notre esprit « en tant que quelque chose »... Avouons,
dès maintenant, qu'il ne faut pas être difficile en fait
de preuve pour se contenter de celle-là ! Le noumène,
en outre, est une réalité, pour cette grande raison
qu'on ne peut concevoir qu'il n'y ait que des apparences. M. Spencer n'admet pas que l'absolu ne soit que
la négation du relatif. Deux termes antithétiques
se détruisent sans doute en ce qu'ils se contredisent,
mais ils ont pourtant « une certaine espèce d'être »
(*Op. cit.*, p. 79). M. Spencer tient le milieu, au point
de vue de la relativité de la connaissance, entre Kant,

qui n'établit cette relativité qu'en étudiant les formes de l'esprit, et toute l'école associationniste, qui aboutit à cette même relativité en réduisant tout à des associations produites par l'expérience.

M. Spencer affirme donc la réalité de la substance et entend rompre avec la tradition anti-métaphysique du positivisme : il réfute les arguments de Mansel et Hamilton, qui, tout en niant la substance, maintiennent l'absolu, sous prétexte que si on ne peut le concevoir, on peut du moins concevoir sa relation avec le relatif! Ces deux philosophes affirment, d'une part, que la conception de l'absolu est positive bien qu'indéfinie; et, d'autre part, ils présentent cet absolu comme la négation de la concevabilité. M. Spencer veut être plus conséquent et conserver le caractère positif de l'absolu. Il admet que nous n'en avons qu'une « conception rudimentaire de cause au-delà », que c'est une « substance informe » : mais cette substance est « semblable à celle qui la suppose » : de là notre croyance à sa réalité objective. Si on demande comment une telle conception de l'absolu a pu se constituer, il répondra que cette conception est non pas un acte mental unique, mais un produit d'actes mentaux. Enfin, dernier argument en faveur de l'existence de l'absolu : il y a un élément persistant dans la conscience qui est commun à toutes les conceptions, c'est l'existence. Nous devons donc accorder à l'absolu, à la substance, au moins l'existence. C'est en fondant en quelque sorte en un seul élément persistant une série d'états de conscience que nous obtenons la certitude, mais aussi l'inconcevabilité de l'inconditionné, qu'il soit d'ailleurs limité ou illimité.

— Le positivisme a singulièrement marché : l'absolu est proclamé! La pensée que nous en avons, pour être « *incomplète* », n'en est pas moins légitime. Faut-il voir dans cette réintégration de l'absolu la condamnation du positivisme par le positivisme lui-même? Non sans doute, car M. Spencer sait bien ce qu'il fait, et s'il accorde à la métaphysique « une pensée incomplète », c'est en somme pour la rejeter, mieux encore que tous ses devanciers, car cet absolu et cette substance, c'est l'Inconnaissable!

IV

RÉCONCILIATION

Enfin voici la réconciliation. Nous possédons les données du problème : les idées dernières de la religion et de la connaissance touchent toutes au fait ultime, à l'Inconnaissable. C'est sur ce principe dernier qu'un accord complet peut se faire et se fera.

L'histoire des religions prouve que la Religion a toujours eu la conscience du mystère, depuis le fétichisme de nos ancêtres primitifs, jusqu'au monothéisme le plus épuré de nos jours. Qu'est-ce, en effet, que l'histoire des religions? En voici une définition curieuse : « L'histoire religieuse n'est au fond que la série des phases de la disparition des dogmes positifs qui ôtaient le mystère du mystère » (1). L'idéal de

(1) *Op. cit.*, p. 88.

la Religion, c'est la suppression des dogmes, c'est la proclamation du mystère des mystères, c'est l'Inconnaissable!

Malheureusement, la Religion a souvent oublié son rôle. La Religion a été irréligieuse. D'abord, elle a souvent prétendu et prétend souvent encore connaître son objet, qui est inconnaissable. Elle a donné des attributs à la « cause de toutes choses ». Ensuite, la Religion a affirmé souvent des doctrines insoutenables, qui la blessaient elle-même. Enfin, elle n'a souvent eu qu'une croyance bien imparfaite à l'Inconnaissable. Les gens pieux ont été sceptiques à cet égard ; de là vient la sainte horreur de la science que beaucoup d'entre eux éprouvent.

La Science, elle aussi, a eu sa mission et son rôle. Grâce à elle, la Religion est devenue et devient toujours plus religieuse, mais elle aussi, comme sa sœur rivale, a eu ses torts : elle aussi a mal rempli sa mission. L'histoire des sciences, comme celle des religions, témoigne des fautes des unes et des autres.

M. Spencer loue et gourmande tour à tour les deux rivales. Eh bien, oui, la Science a été *inscientifique,* la Religion a été *irréligieuse*. Point de jalousie! Toutes deux ont tort et toutes deux ont raison : c'est pourquoi toutes deux s'uniront. La Science a été inscientifique, quand, pour expliquer les relations des phénomènes, elle a cru à des personnalités, à des puissances causales, à des entités réalistes, etc.

Aujourd'hui encore, la Science est souvent inscientifique, quand elle prétend connaître la nature de ces puissances qu'on appelle l'électricité, le magnétisme, la chaleur, etc... Ce ne sont là que des manifestations de la Force universelle, incompréhensible, ultime. Et maintenant que l'on supprime le caractère irréligieux de la Religion, le caractère inscientifique de la Science, et la réconciliation est faite!

La cause de la lutte provient de l'imperfection des deux rivales. Leur union dépend de leur progrès. Quand elles seront parfaites, elles s'harmoniseront. L'intelligence démontre de plus en plus à la fois un inconnu positif, et un connu positif. La Science et la Religion ne sont donc que deux points de vue différents d'une « *conception de la nature* » que deux états antithétiques de l'esprit répondant à des côtés opposés de cette existence qui fait l'objet de notre pensée.

On voit comment s'effectue la Réconciliation : il s'agit de mieux marquer « la séparation »; le mot est de M. Spencer. La Religion, c'est la Nescience. La Science, c'est le Connaissable.

Chacune a son domaine distinct : chacune doit y rester, sans jamais faire des incursions illicites dans le domaine de sa voisine. Il faut qu'une différenciation complète s'opère, et la lutte cessera! La séparation, voilà l'union! Ici l'inconnu; là le connu. — D'un côté, l'Absolu; de l'autre, le Relatif. D'une part, le pôle négatif de la pensée; d'autre part, le pôle positif de cette même pensée. « Quand la Science sera pleinement convaincue que ses explications sont prochaines et relatives, et que la Religion sera pleinement convaincue que le mystère qu'elle contemple est absolu, il règnera entre elles une paix permanente » (*Op. cit.*, p. 94). — Telle est la réconciliation.

Inutile de montrer la supériorité de l'Inconnaissable sur toutes les conceptions anthropomorphiques de Dieu : notre philosophe agnostique s'en charge. Il sourit des théologiens qui parlent encore d'attributs, et qui prétendent « déchiffrer l'antobiographie du Créateur » ! Après l'ironie, l'indignation sourde, puis la froideur calculée du philosophe qui ruine les croyances, les dogmatiques, les religions, après avoir proposé de les réconcilier.

Il prévoit qu'on protestera contre son agnosticisme, et que les protestations viendront surtout du côté des théologiens. Mais que lui importe ! Dans les attaques qu'on fera à sa doctrine, il ne verra jamais qu'une « adhésion instinctive » à sa croyance. Ses adversaires seront instinctivement ses alliés ! Et puis, après tout, si l'on proteste, que voulez-vous qu'il fasse, lui, Spencer ? Ne sait-il pas que, de nos jours, la grande masse des hommes lui échappe, à cause de leur ignorance ? Il est si difficile de se défaire des croyances reçues ! Mais il ne se plaindra pas, en philosophe qu'il est : il est bon qu'on résiste. C'est nécessaire pour que l'adaptation définitive se fasse bien. Cette résistance sera un frein salutaire, qui modérera la marche du progrès et jouera un peu le rôle du conservateur en politique. Pour un esprit élevé et large, toutes ces croyances, tous ces faits concrets, mauvais, bons, ultimes, tout cela constituera les éléments de la grande Evolution. Quant à la conclusion pratique, elle est bien simple : il faut travailler à propager cette Religion, disons mieux, cet agnosticisme, par la tolérance et par l'opinion. Lançons notre croyance, notre idée dans le monde : « Elle produira l'effet qu'elle pourra » (1). La nature, qui seule peut rendre la nature meilleure, fera le reste! Et puis : « Si l'homme sage, conclut-il, opère le changement voulu, c'est bien; s'il échoue, c'est bien encore, mais sans doute moins bien » (2).

(1) *Op. cit.*, p. 108.
(2) *Op. cit*, p. 109.

DEUXIÈME PARTIE

REMARQUES CRITIQUES SUR CET AGNOSTICISME

La théorie que nous venons d'exposer contient certainement des éléments précieux pour une réconciliation de la science et de la religion. L'ensemble du système donne l'impression d'une construction symétrique et pleine d'harmonie.

Si nous devons sourire de la défense absolue que M. Spencer voudrait imposer à tous les penseurs de discuter sur Dieu, de parler de l'immortalité, des dogmes et de leur contenu, du moins ne serait-il pas mauvais que nous apprissions à son école cette *ignorance savante* qui paraît être le dernier mot de la sagesse humaine. Mais laissons là les éloges et abordons directement la critique de cet agnosticisme.

I

OBJECTIONS PRÉLIMINAIRES

a) Le vice radical de toute la philosophie de M. Spencer, et particulièrement du système de l'Inconnaissable, me paraît être dans le criterium de certitude de ce philosophe, dans sa conception générale de la vérité. Il ne dit rien dans ses *Premiers Principes* de ce criterium, mais c'est de lui que se déduit toute la *méthode* généralisatrice. Il est donc utile de nous y arrêter un instant.

On sait que, pour M. Spencer, la nécessité ou l'indissolubilité d'une association d'états de conscience est la loi de la pensée. Notre philosophe, reprenant pour son propre compte le criterium de l'évidence de l'école cartésienne, voit la vérité d'une proposition dans le caractère de nécessité des états de conscience auxquels elle est enchaînée.

Mais à quoi peut-on reconnaître l'indissolubilité d'une proposition ? M. Spencer répond : à l'inconcevabilité du contraire ; et voici comment : les faits de l'expérience laissant une trace dans l'esprit qui les a perçus, et se présentant sans cesse à lui, finissent par le mouler, pour le former à leur image, à leur ressemblance, en sorte qu'il lui est impossible de concevoir leur négation. C'est sur la correspondance exacte de l'esprit et de la nature que se fonde l'inconcevabilité de la négative.

Le criterium de l'évidence devient ainsi le criterium de l'inconcevable ; cela a l'air d'être tout le contraire, et c'est au fond la même chose. L'analyse psychologique de la conscience donne donc à notre philosophe un criterium, et par lui, la certitude d'une réalité permanente dont les états de la conscience deviennent pour nous les manifestations. Cette vérité permanente, nécessaire, est « une cause inconnaissable ». C'est ainsi que nous rejoignons son agnosticisme.

Disons tout de suite que ce criterium repose sur un cercle assez aisé à découvrir. Pourquoi M. Spencer cherche-t-il un criterium ? Parce que l'expérience lui a révélé des contradictions. Or, pour remédier aux erreurs de l'expérience, M. Spencer invoque quoi ? l'*expérience*, — il est vrai accumulée, consacrée par l'éducation, l'habitude, l'hérédité ; mais une erreur séculaire et qui évolue est toujours une erreur, à moins que le temps n'ait cette étrange propriété de changer une erreur en vérité ! Mais admettons le cercle : l'inconcevabilité d'une chose est-elle si commode à établir ? On allègue l'*universalité de la croyance*, mais, ainsi transformé, le criterium me paraît d'une élasticité à faire peur à tous les partisans de l'évidentisme ! Ce que l'un ne conçoit pas, l'autre croit le concevoir : cela arrive journellement. Beaucoup de questions échappent à l'opinion générale. Un homme sincère qui dit d'une chose qu'elle est fausse, le dit parce qu'il ne la conçoit pas, et si un autre, non moins sincère, la conçoit, cette même chose, fausse pour l'un, sera vraie pour l'autre : si la vérité est une, lequel est dans la vérité ? Il faudrait un autre criterium pour distinguer le concevable de l'inconcevable. D'ailleurs, nous ne pouvons admettre d'aucune manière que la certitude soit quelque chose qui vienne du dehors, qu'elle soit une association indissoluble, ou une chaîne de fer. Le déterminisme n'a aucun droit de l'affirmer. M. Spencer lui-même contredit sa théorie de la certitude, dès l'instant qu'il place à la base de toute connaissance *la foi à l'Inconnaissable*. Ce dernier, en effet, échappant à l'expérience actuelle et possible, ne saurait, sans contradiction, être soumis à un criterium qui est donné par l'expérience et qui, par conséquent, ne vaut que pour l'expérience. Donc, si vraiment la foi en l'Inconnaissable est le fondement du Connaissable, comme M. Spencer l'affirme avec beaucoup de force, n'est-il pas tout naturel de conclure contre notre philosophe même que la foi précède la vérité expérimentale, que la certitude morale est à la base de toute science ? — L'objection portera d'autant mieux que c'est notre adversaire lui-même qui nous donne les armes pour le combattre.

Non ! au nom de la morale, nous ne pouvons admettre que la vérité soit une chaîne indissoluble d'états. La vérité n'est pas une nécessité, c'est une obligation ! Loin de nous un criterium de certitude qui nous plongerait dans le déterminisme ! La foi libre est à la base de toute la connaissance. Le premier acte de l'esprit est de croire à sa véracité : et *cette croyance* doit être plus certaine, ou tout au moins aussi certaine que tous les faits sensibles et rationnels, dont elle est l'unique garantie. C'est là ce que nous appelons la certitude morale. Elle est d'autant plus sûre qu'elle est plus libre. Sa force vient de sa liberté ; son fondement, c'est le devoir lui-même. Il n'y a qu'une certitude, la certitude morale ; c'est par elle, par elle seule, qu'on échappe au scepticisme, et M. Spencer n'y a pas échappé, car sur le terrain de la raison, la critique est dissolvante, et le subjectivisme souverain : Hume, Berkeley, Kant l'ont bien prouvé. M. Spencer, et avec lui tous les partisans de la méthode objective, peuvent être mis au défi de démontrer l'existence de leur raison, car ils ne veulent le faire que par ce qui est mis en question, la raison.

Pour nous, au contraire, qui croyons que l'existence et l'intégrité de nos jugements et de notre esprit relèvent avant tout de la volonté, de la liberté, de la foi et, en dernière analyse, de la conscience morale, nous échappons à la difficulté, au cercle fatal. Sans doute, il y a au fond de cette solution les mystères de la liberté, mais l'on vit du moins dans le monde moral, au lieu que dans tout déterminisme les « tenailles d'acier de la nécessité » étreignent le cœur et le tuent.

b) La méthode qui se déduit du criterium de certitude de M. Spencer est quelque peu éclectique :

« Il y a une âme de vérité, nous dit M. Spencer, dans les choses fausses. » C'est un joli mot sans doute ; c'est un paradoxe aimable à l'usage des gens sceptiques : mais ce ne peut pas être une vérité philosophique, un principe à appliquer à toute discussion. Ce n'est certes pas un partisan du principe de contradiction qui eût écrit cette sentence qui n'a elle-même qu'une *âme de vérité.* Puisque personne n'a tout à fait raison et personne tout à fait tort, généralisons le plus possible, c'est la méthode infaillible ! Prenons ce qu'il y a de commun à plusieurs croyances !

Seulement une chose nous préoccupe : qui nous assure que la généralisation nous mènera à la vérité, et que la bonne voie à suivre, c'est de chercher une vérité commune générale plutôt qu'une poussière de vérités de détail ? Qui nous dit que la vérité est plutôt *une* que *multiple ?* Qui nous prouve qu'elle existe objectivement ? Rien, absolument rien. Le criterium était insuffisant : la méthode est défectueuse ; l'inconcevabilité de la négative n'a pas ici où s'appliquer.

La méthode de M. Spencer suppose donc un *a priori :*

l'unité de la vérité. Cette unité, pour nous, ne se fondera jamais que sur la croyance morale. Mais supposons que le principe posé soit vrai ; il doit s'appliquer à toutes les idées et non pas seulement à toutes les doctrines. Il faudra, dès lors, chercher autant d'*âmes de vérité* qu'il y a d'idées constituantes de chaque doctrine ; or, une doctrine étant un composé d'idées simples, il est évident qu'il y aura autant d'âmes de vérité qu'il y a d'éléments simples. Il serait assez piquant de montrer que toute généralisation ne ferait, dans cette voie-là, qu'accroître l'erreur, puisque, d'une part, elle contiendrait en germe toutes les doctrines fausses qu'elle représente, et que, d'autre part, on devrait lui appliquer le principe lui-même ! Nous dirons donc des généralisations de notre philosophe, ce qu'il nous a invité à dire de toutes choses : il y a une âme de vérité dans les choses fausses, c'est-à-dire, apparemment, il y a une âme de fausseté dans les choses vraies ! Traduisons brutalement : il y a de la fausseté dans la vérité.

Je sais bien que nous prenons la chose trop au sérieux, et que dans l'expérience rien n'est faux, rien n'est vrai *absolument ;* mais quand il s'agit de méthode et de logique, on ne saurait trop être inflexible et appliquer rigoureusement les principes directeurs de la connaissance, surtout le principe de contradiction. La conscience morale l'exige.

c) Nous ne pensons pas qu'on doive trop accuser M. Spencer de s'être contredit dans les deux parties de ses *Premiers Principes.* Le vice nous paraît être le même dans tout cet ouvrage : ce sont les deux systèmes superposés du Connaissable et de l'Inconnaissable, qui ne nous semblent pas toujours vivre en bonne harmonie.

Pour notre éminent philosophe, la philosophie est un système qui doit être établi « *par le fait* ». Or, dans l'expérience, qu'est-ce qui justifie l'Inconnaissable ? C'est évidemment le fait de la relativité des connaissances, c'est, en somme, tout le connaissable, la Science, l'Evolution. Mais l'Evolution est un système qui a besoin, lui aussi, d'être établi par le fait. Cherchez, et vous trouverez la loi d'évolution, rien qu'elle, toujours elle. Mais comme la loi d'évolution (M. Renouvier l'a déjà fait remarquer) c'est le système lui-même, nous tournons depuis quelques instants dans un cercle vicieux. Ainsi, pour légitimer notre Inconnaissable, nous n'avons que le Connaissable, qui est un cercle vicieux. Dès lors, n'avons-nous pas raison d'appeler contradictoire un procédé qui consiste à légitimer une théorie par une théorie non légitimée ? Ce n'est pas tout : après avoir affirmé presque avec violence un absolu pur, indéterminé, inconnaissable, l'auteur fait tout procéder de cet Absolu. Par là, il tombe dans le panthéisme émanatiste, ce qui est son moindre défaut ; puis, ceci est plus grave, il détermine son Absolu, il fait sortir d'une idée qui n'est ni une vérité scientifique, ni une vérité dogmatique, ni un phénomène, ni une personne, ni un être, tout l'Être! De l'Absolu, qui est tout au moins « Nescience », il tire tout le contraire de l'Absolu, le relatif, la science! Il nous apprend que l'Inconnaissable est la force productrice de toutes les existences, comme s'il n'était pas contradictoire de montrer un tel Absolu en relation directe, — puisqu'il les produit, — avec le monde, la matière et le mouvement! Platon était plus logique : son Un était sans doute le « père des Idées », mais du moins ne se mêlait-il pas avec la matière et ne sortait-il jamais de son éternelle immutabilité. Avec notre philosophe anglais, le temps, l'espace, etc., deviennent des « absolus relatifs », des « absolus en sous-ordre », comme les appelle ironiquement M. Renouvier.

D'une part donc, grâce aux grands principes prétendus scientifiques de la persistance de la Force, de l'indestructibilité de la matière, etc., M. Spencer aboutit à une force unique, éternelle, infinie, qui est en définitive la grande formule, disons mieux, la grande synthèse du Connaissable ! — D'autre part, nous voyons que cette même Force est appelée « la Force pure », l'Inconnaissable par excellence, que cette Force est un pur symbole, car, telle que nous la connaissons, elle n'est qu' « une impression de notre conscience » ; « il est absurde, nous dit-on, de penser que la force en elle-même ressemble à la sensation que nous en avons » (1). — On nous parle quelque part de « l'ordre connu de l'inconnaissable »! Y a-t-il contradiction? On prétend que non, à cause de la distinction subtile que voici : Quand la Force est considérée *en dehors de toute relation,* elle est inconnaissable ; quand elle est considérée *dans les relations,* elle est le Connaissable par excellence. J'avoue ne pas comprendre ce qu'est une Force considérée « en dehors de toute relation ». Si cela signifie qu'elle est sans application aucune, cette

(1) *Premiers Principes,* p. 51.

Force n'est rien et devient synonyme de néant. Si cela signifie qu'elle n'a aucune relation avec notre esprit, je me demande anxieusement pourquoi on en parle? Faut-il revenir aux entités, retourner à l'école de Guillaume de Champeaux et voir l'essence des choses dans les universaux?

La distinction tombant, la contradiction reste : puisque le « noumène connaissable » (admirons cet accouplement de mots) et le « noumène inconnaissable « ne sont autre chose que la « Force pure », il y a évidemment identité parfaite entre le Connaissable et l'Inconnaissable. L'être est identique au néant. Le contradictoire, c'est la vérité. M. Spencer tend la main à Hegel.

II

REMARQUES SUR LES « IDÉES DERNIÈRES »

La recherche d'un fait ultime commun à la religion et à la science est une tentative hardie : elle suppose que la science et la religion sont deux mondes parfaitement définis, complets, puisqu'on peut parler de leurs idées dernières. Or, ici-bas, la vérité ne paraît pas se laisser si facilement aborder, fût-ce même par M. Herbert Spencer ! Pour être grandiose, l'entreprise n'en est pas moins condamnée d'avance, puisqu'elle suppose résolue non seulement la synthèse des religions, mais encore celle de la science ! Heureusement ou malheureusement, il y a la méthode généralisatrice qui permet toujours à notre philosophe de se mouvoir dans un réalisme digne du moyen âge et d'échapper à tout moment à l'expérience ! Quel singulier positivisme que ce mysticisme sans frein !

N'importe, voyons si les « idées dernières » nous mènent au fait ultime.

a) Nous rencontrons d'abord la théorie ingénieuse du symbolisme ; nous nous permettrons de faire les réserves suivantes, sans les développer.

Tout n'est pas représentation au sens empirique. Le mot représentation désigne, chez M. Spencer, la sensation et surtout l'imagination ; mais la pensée comprend autre chose que cela, elle comprend des éléments premiers et irréductibles à l'expérience. De plus, il y a une confusion constante, chez notre auteur, entre la raison et l'imagination. Son inconnaissable est l'inimaginable. Pour M. Spencer comme pour S. Mill, il y a deux sortes d'inconcevables : l'*inimaginable* et l'*incroyable* ; mais cette distinction n'en est pas une au fond ; voici ce qu'en dit S. Mill (*Philosophie de Hamilton*, p. 173) : M. Spencer « voit clairement que la différence entre les deux espèces d'inconcevables n'est qu'une différence de degré, — du degré de force de la cohésion de deux idées ». Un exemple d'*inimaginable,* c'est la proposition suivante : « la glace est chaude ». — L'*incroyable* vient d'une simple difficulté de combiner les deux idées dans une représentation ; l'inimaginable, c'est l'impossibilité même de combiner deux idées. Dans la pratique, il est très difficile d'affirmer si un inconcevable est incroyable ou inimaginable. Comme le dit fort bien S. Mill dans une critique qu'il adresse à Spencer, « ce qui paraît inimaginable à l'un, un autre le croit vrai », et il arrive que « la même personne croit vrai ce qui lui semble inimaginable : témoin toute la philosophie du conditionné ». L'exemple était bien choisi, en effet, car Hamilton prétend que tout l'inconditionné est inconcevable, ce qui ne l'empêche pas de croire à sa réalité, grâce, il est vrai, à une révélation mystérieuse! Cette discussion de deux inconcevables, qui ne sont que deux degrés différents d'un seul et même inimaginable, cette discussion nous prouve jusqu'à quel point notre philosophe a confondu dans sa théorie agnostique l'imagination avec la raison.

Sans doute, connaître c'est *imaginer,* mais c'est aussi *penser*. — Je ne puis pas me représenter Dieu, m'en faire une image, mais je puis en avoir l'idée, et, en ce sens, je puis le concevoir. Il est important de distinguer le sens de tous ces termes. — La connaissance n'est pas seulement représentation empirique, sensation ou imagination. M. Vacherot, dans son ouvrage : *La Métaphysique et la Science* (III, 201), fait cette observation, qui s'applique bien à la théorie du symbolisme : « *Penser* n'est pas simplement sentir et imaginer; quand donc l'auteur (c'était M. Renouvier, mais la critique s'applique bien mieux à M. Spencer), quand donc l'auteur exclut du domaine de la connaissance tout ce qui dépasse la représentation proprement dite, je trouve qu'il méconnaît certains éléments de la pensée irréductible à l'expérience et mutile l'intelligence. C'est l'expérience sous sa forme la plus exacte et la plus précise, mais c'est toujours l'empirisme. » On ne peut mieux dire ; je ne me représente pas une simple abstraction : je la pense cependant. Je ne m'imagine pas ce qu'est l'obligation morale : mais j'ai l'idée de l'obligation, j'ai une certaine connaissance de Dieu. Une connaissance peut être un symbole ; mais elle est souvent plus que cela : elle peut être une abstraction. Dans son ouvrage sur S. Mill, M. Taine n'ajoute que l'abstraction à la théorie positiviste des états de conscience : mais cette simple addition, c'est tout un monde d'idées nouvelles. Car nous ne sommes plus, avec l'abstraction, en présence d'un esprit passif qui réfléchissait pour ainsi dire, ainsi qu'un miroir fidèle, les impressions du dehors, mais nous sommes en présence d'un véritable agent, producteur d'idées qui peuvent être sans doute *inimaginables*, mais qui n'en sont pas moins *connaissables* pour cela : la preuve, c'est que je puis appliquer à ces idées une méthode, je puis les définir, les classer, etc... — Il n'y a pas seulement des phénomènes objectifs, ce qu'il faudrait pour que la thèse positiviste fût vraie : il y a de plus un *sujet conscient ;* l'empirisme tombe devant cette vérité : il y a un sujet conscient et actif. « Le sujet, a dit M. Liard dans la *Science positive et la Métaphysique,* n'est pas une pure suite de phénomènes, mais une *activité,* sans cesse modifiée, toujours une cependant, qui, dominant ses états, les ramène tous à l'unité d'une même conscience. » Au point de vue de la connaissance, tout est subjectif. Nous n'avons pas à discuter cette affirmation, mais il serait facile, à ce propos, de montrer que le symbolisme des conceptions est un nouvel appui donné par un adversaire du subjectivisme au subjectivisme lui-même : il est

vrai que nous aurions une petite modification à
apporter à la loi du symbolisme. Au lieu de dire que
le symbolisme des conceptions varie suivant l'hétérogénéité des objets conçus, nous dirions qu'il est
relatif à l'esprit et qu'il grandit en raison directe des
conceptions elles-mêmes. Mais n'insistons pas, et
passons.

b) Pour ce qui est des « idées dernières de la Religion », nous devons attaquer la prétendue universalité de la croyance au fait ultime tel qu'on nous l'a
caractérisé. Ranger l'athéisme parmi les croyances
religieuses est peut-être un tour de prestidigitation;
mais qui donc s'y laissera prendre? Il y a sans doute
un athéisme scientifique fondé sur la relativité des
choses, sur l'impossibilité d'un « tout-être », comme dit
le criticisme. Cet athéisme-là n'exclut pas le vrai
théisme, pas plus qu'une méthode logique ne peut
exclure la croyance à une personne divine. Mais qu'un
athéisme — simple hypothèse cosmologique de l'existence par soi et, dans ce cas, *négation* de toute religion
— soit une croyance religieuse, une idée dernière de la
Religion, voilà qui n'est pas seulement surprenant,
voilà qui est une énormité.

Les raisonnements de Mansel, Hamilton et M. Spencer sur la nature de l'Univers me paraissent prouver
contre la réalité de la substance, loin d'établir le caractère positif de l'Inconnaissable. Déclarer la substance, l'Absolu, choses *inutiles, contradictoires,
inconcevables et inconnaissables,* et prétendre encore
être substantialiste, c'est se moquer un peu, quoi
qu'on dise, des substantialistes, et rejeter en définitive,
sans le dire, un objet et des noms vides de sens. Pas

une religion, que je sache, n'accorderait d'ailleurs l'incognoscibilité complète du fait ultime, de Dieu (confondu, à tort, avec l'Absolu métaphysique) — pas même le bouddhisme — qui se rapprocherait le plus peut-être de la religion qu'a rêvée M. Spencer. Toutes les religions en disent long sur l'objet de leur culte : l'histoire de la divinité a trouvé autant d'historiens que l'histoire de l'humanité.

Mais j'ai un reproche plus grave à faire à M. Spencer. Il me semble qu'il nous a plutôt montré l'absurdité des idées dernières d'une métaphysique surannée que la contradiction inhérente aux véritables croyances religieuses. Il est facile, aujourd'hui, de détruire un athéisme, un panthéisme et un théisme comme ceux qu'il nous a présentés; toutes ces hypothèses ont quitté depuis bien longtemps, surtout depuis Kant, le domaine de la logique purement rationnelle où il les voit encore, et l'on s'arrange aujourd'hui de façon à ce qu'elles ne soient pas aussi pétries de contradictions. Sa sortie contre des systèmes abandonnés rappelle un peu la charge d'un certain chevalier de la Manche.

Que penser de la « *synthèse universelle* » des religions? Notre philosophe prétend que toutes les religions tendent à une fusion immense, comme d'ailleurs la science, la théologie et la métaphysique. Et c'est là le progrès. Toutes les religions disparaîtront : seule, la Religion de l'Inconnaissable ne passera pas ! « La fusion des conceptions polythéistes, dit-il, dans la conception monothéiste, et la réduction de la conception monothéiste à une forme de plus en plus générale dans laquelle le gouvernement personnel vient se perdre dans l'universelle immanence, mettent ce progrès en évidence. » Il ne faut pas voir les faits pour parler ainsi : comment? Les religions tendraient toutes aujourd'hui vers l'universelle immanence, c'est-à-dire vers la négation de la personnalité divine et la suppression de tous les dogmes? Et ce serait là le progrès? Mais les faits protestent. Le Christianisme est pourtant là, debout! Que l'on aie des progrès à faire, qu'on en fasse même de plus en plus du côté de l'agnosticisme, j'y consens. Mais de là à proclamer la synthèse finale au détriment de la personnalité divine, il y a loin. « Ce qui n'est absolument pas permis, dit M. Renouvier contre M. Spencer, c'est de prétendre que les croyances religieuses, là où il en existe de ce nom, et que tout le monde nomme de ce nom, en Europe et en Amérique, sont des croyances dont les idées de personnalité divine et de Providence peuvent être éliminées. Autant vaudrait nier l'existence des Eglises » (1).

Enfin, pour en finir avec ce chapitre sur la religion, notre auteur ne sait pas, absolument pas, ce que c'est que la religion : il la définit une « théorie *a priori* de l'Univers » (2). Quant au côté moral qui l'accompagne, ce n'est qu'un « *produit* supplémentaire » !

Mais nous ferons remarquer que la religion est avant tout quelque chose d'individuel, un état subjectif; elle n'est réelle que dans l'âme humaine. On ne peut donc pas en parler d'une manière objective : elle

---

(1) *Critique philosophique : Examen des Premiers Principes,* par M. Renouvier (1885-86). Nous avons profité de ce solide travail.

(2) *Premiers Principes,* p. 37.

échappe entièrement au positivisme pour cette seule raison. « La religion n'a de réalité que dans les âmes », a dit M. Secrétan *(Principe de la morale)*. Pascal l'avait déjà définie : « Dieu sensible au cœur. » Elle n'est donc pas une théorie rationnelle de l'Univers, une simple cosmologie ! Elle est avant tout une vie (1).

c) Nous ne dirons presque rien des « Idées dernières de la Science ». MM. Renouvier, Liard, de Broglie, etc., et dans notre Faculté le remarquable cours de M. Leenhardt sur « *la force et la matière* », ont attaqué, au nom de la science positive, ces prétendues idées scientifiques; tous les critiques s'accordent à reconnaître que les idées dernières ne sont pas permises en science; que ce sont là de pures hypothèses qui dépassent l'expérience; que tous les phénomènes ne sont pas encore ramenés à la grande formule mécanique et qu'il est peu probable qu'on puisse jamais les réduire à l'unité de force. Quand M. Spencer aura trouvé la formule qui révèle tous les secrets de l'Univers, nous serons convaincus, pas avant. Mais nous serions épouvantés aussi, car le cercle fatal de la pensée humaine reparaîtrait : ce serait l'esprit légitimant l'esprit, l'expérience fondant l'expérience, l'évolution matérialiste se prouvant par elle-même ! Mots différents : même erreur. S'il n'y a que la pensée humaine, la pensée humaine est un cercle.

---

(1) « La religion, dit M. Renouvier dans son *Examen des Premiers Principes*, n'a jamais eu pour élément fondamental une idée abstraite, mais bien toujours un état du cœur, et des croyances relatives à un ou plusieurs pouvoirs, vivants dans l'Univers, de nature à intéresser les passions humaines de crainte et d'espérance. »

Remarquons encore ici que les idées dernières de
la science ne sont que des généralisations illégitimes,
produits d'un réalisme anti-scientifique; mais je n'in-
siste pas : c'est à de plus autorisés à le montrer.

III

REMARQUES SUR « LA THÉORIE DE LA RELATIVITÉ »

Nous avons à voir maintenant si la théorie de la
relativité des connaissances n'est pas exagérée. Elle
se divise en deux parties : l'une, négative ou critique,
est empruntée à Hamilton et à Mansel; l'autre, positive, donne à cette théorie un caractère propre.

a) Commençons par la partie négative. Mansel,
Hamilton, M. Spencer, réduisent fort bien toutes nos
notions à de pures notions relatives et « phénomé-
nales » ; mais leur analyse de l'opération de la pensée
n'est-elle pas exagérée? Hamilton et Mansel pensent
en effet que plus ils montreront les contradictions de
la pensée, plus ils relèveront la valeur de la croyance.
Ils ne cherchent qu'à approfondir l'abîme qui sépare
la connaissance de la croyance. « Penser que Dieu
est comme nous le concevons est un blasphème. »
« Un Dieu compris ne serait plus Dieu. » (Voir
Hamilton, *Discussions*, p. 15.) C'est évidemment
exagéré. M. Ollé-Laprune fait remarquer avec raison
qu'une connaissance non adéquate n'en est pas moins
une connaissance. Tout le monde admet l'incom-
préhensibilité de Dieu : mais de là à dire que toute

conception de Dieu est « un faisceau de négations »
(*Discussions*, p. 17), il y a loin ! Dieu est conçu, non
compris : voilà notre opinion sur ce sujet. Le raisonnement de nos philosophes prouve que Dieu n'est pas
l'Absolu et l'Infini dont ils parlent comme d'un
faisceau de négations, voilà tout !

Pourquoi, comme Hamilton le fait, fonder la foi
sur la contradiction ? Ce qui est contradictoire n'est
pas : la foi qui admettrait une contradiction serait
inepte, plus que cela, immorale, car elle serait la
négation de la vérité. La foi peut admettre des vérités
qui dépassent la raison, non qui la contredisent. Dieu
me dépasse : je crois en lui, non que je ne le conçoive
pas, mais parce que je ne le comprends pas. J'ai
beau faire, je ne puis admettre une existence que si
j'en ai au moins conscience. L'être n'est tel que s'il
est concevable : donc la conscience psychologique est
la limite de l'être ; je le répète, nous ne pouvons
croire à une existence que si nous pouvons au moins
en avoir conscience. Une première conséquence de ce
point de vue, c'est qu'une conciliation de la science et
de la foi est possible : science et croyance deviennent
connaissance. Une autre conséquence, c'est que toute
religion doit donner à la foi un objet concevable et pas
contradictoire.

Mansel (1) soutient les mêmes idées que Hamilton.
La faiblesse de la raison est pour lui un solide appui
pour la foi. Il prétend qu'on ne sait une chose que
quand on conçoit le *comment* de cette chose : mais on
peut croire cependant, sans connaître le comment.

---

(1) Mansel : *The limits of religious Thought*.

Plus une chose sera inconcevable, plus la foi pourra l'admettre. Sa thèse se résume ainsi : les limites de la pensée ne doivent pas et ne peuvent pas nous empêcher « de croire au-delà » (1).

C'est après la critique la plus impitoyable de la pensée, que Hamilton, Mansel parlent de la nécessité de penser Dieu comme un « Être personnel » et même, qui l'aurait cru ? comme un « Être infini et absolu ! » La foi a beau faire des miracles, il nous semble qu'elle ne fera pas qu'une chose d'abord inconcevable, contradictoire, absurde, devienne ensuite, *par nécessité* ou *par devoir,* un objet de *pensée,* une chose concevable ! Je me défie d'une foi aveugle qui admet d'autant plus fermement une chose qu'elle est plus absurde.

L'originalité de cette théorie agnostique (de Hamilton et de Mansel) est dans sa contradiction même : d'une part, nous voyons une logique inexorable, qui renverse toutes les idées reçues, qui entasse ruines sur ruines, qui démolit tous les vieux temples de la pensée : l'Absolu, l'Infini, la Cause première ; et, d'autre part, sur les ruines désolées de toutes les philosophies, sur les débris épars des vieux systèmes qui s'écroulent, nous voyons tout à coup surgir un édifice nouveau, une théologie nouvelle qui affirme ce que tout à l'heure la critique a nié, qui relève ce qu'elle a renversé, qui adore ce qu'elle a brûlé, et qui enfin, jette à la raison humaine le suprême défi d'une foi insensée : *Credo, quia absurdum !*

Je dis que c'est original : mais c'est absurde en effet.

(1) Ollé-Laprune : *Certitude morale,* p. 190.

Je veux bien dire avec saint Augustin : *Credo, quia absurdum,* mais en traduisant avec l'Eglise : « Je crois, parce que l'objet de ma foi *dépasse* ma raison », et non pas parce qu'il la contredit ! C'est ravaler Dieu, que ravaler la raison humaine. Que Hamilton, Mansel et M. Spencer creusent un éternel abîme entre deux choses excellentes et faites pour s'unir ; que d'autres admettent, s'ils le peuvent, un tel conflit entre la conscience morale et la raison, entre l'esprit et le cœur, entre la science et la foi : pour nous, nous ne pouvons admettre une pareille contradiction dans la création divine !

La connaissance est *une,* comme la vérité.

Faire d'un *Inconditionné* ou d'un *Inconnaissable* un objet de foi, sans qu'on puisse même le concevoir, c'est dire des mots qui n'ont de sens pour personne. Voyons, essayons de croire à l'Inconditionné ! Mettons-nous bien dans la situation exigée : aucun état de conscience ne correspond en nous à cet Inconditionné. Il est par conséquent absolument absent de notre pensée, à moins que nous en fassions un pur symbole ; dans ce cas même, il est pour nous comme s'il n'était pas. Mais voici Hamilton qui parle d'une « *révélation merveilleuse* » ; mais voici Mansel qui, au nom de la révélation et de la conscience, déclare que nous *devons croire* et que, dans ces régions transcendantes auxquelles ne peut atteindre notre pensée, la foi devient raisonnable ! — En vérité, qu'est-ce que cette révélation, qu'est-ce que cette *bonne nouvelle ?* Est-ce, oui ou non, un état de conscience ? Si oui, on peut concevoir l'Inconditionné et le transcendant, ce qui renverse la thèse ; si non, alors il y a autre chose que des états de conscience dans l'esprit de l'homme, et, dans ce cas, nous sommes dans l'idéalisme, et il faut revenir à la faculté de l'absolu, à la *raison* de Kant *(Vernunft)*, ce qui renverse encore la thèse. Que pourrait-on répondre à ce dilemme ?

M. Spencer a ajouté peu de choses à ces théories de la relativité ou des limites de la pensée humaine. Il a admis la critique et a laissé la foi ; il a applaudi à la destruction, mais s'est moqué du nouvel édifice. Dans Mansel, il a pris le métaphysicien et a laissé le théologien. Dans la philosophie de Hamilton, il a conservé la critique négative de l'Inconditionné, mais il a souri de « la révélation mystérieuse ».

La seule idée qu'il ait ajoutée à la critique négative de Mansel et de Hamilton, c'est que la *ressemblance, condition de la pensée,* est un moyen d'arriver à l'Inconnaissable. On ne connaît que ce qui peut se comparer ; comme on ne peut comparer ni classer l'Absolu, l'Infini et la Cause première, tout cela est inconnaissable. — Cette nouvelle preuve de l'Inconnaissable tombe sous le coup de bien des critiques précédentes et de quelques autres en plus. Notre philosophe est en effet obligé, pour soutenir cette thèse, de dire que sans « recognition », il n'a pas de « cognition ». Il y a évidemment une « âme de vérité » dans cette idée ; mais il y a une grosse impossibilité aussi. S'il faut une recognition pour qu'il y ait cognition, jamais il ne pourra y avoir de cognition ! Je sais bien que c'est la seule façon de nier tout *a priori.* Mais comment comprendre que la répétition d'une pensée soit la créatrice de cette pensée ? Est-il possible de se faire une idée d'un pareil miracle?

Nous ne croyons pas que la ressemblance soit une condition absolue et universelle de la pensée : nous pouvons penser sans comparer : quand je pense à l'obligation morale, je demande à quoi je l'assimile?

b) Toute la partie négative de la théorie de la Relativité a mené M. Spencer à un *Inconnaissable négatif*. Or, cela ne lui suffit pas. Il veut le rendre positif; il lui faut un fait ultime réel.

Nous avons vu dans l'exposé comment l'esprit de notre habile philosophe s'est appliqué à rendre l'idée négative de la Nescience, aussi positive que possible (1) : nous avons vu qu'il a été obligé d'admettre « une conscience indéfinie qui ne peut être formulée »; et c'est cette conscience, que dis-je cette « *inconscience* », qui peut donner « *des pensées incomplètes* » sur l'Absolu et ses acolytes, c'est-à-dire sur l'Inconnaissable! C'est tout simplement un gâchis, un galimathias, cette conscience indéfinie, à moins que, de généralisation en généralisation, M. Spencer n'aille insensiblement se perdre dans l'Inconscient de Hartmann?

IV

REMARQUES SUR LA RÉCONCILIATION PROPOSÉE

Que penser, enfin, de la Réconciliation proposée par notre philosophe?

---

(1) C'est une preuve de l'existence de Dieu que M. Spencer a essayé de faire, au nom de l'agnosticisme. La tentative est pour le moins originale.

a) Nous avons trois observations à faire ; voici la première. Ce n'est pas une réconciliation que M. Spencer nous offre, mais une séparation absolue d'abord, et puis une absorption.

Il nous avait promis un accord sur un terrain commun ; il nous montre un abîme, entre un Connaissable qui n'est qu'une manifestation, qu'une apparence, et un Inconnaissable qui est la Réalité sans doute, mais qui pour nous n'est rien, puisque son nom est *Nescience !* Nous attendions une union : nous voyons se consommer un divorce. Nous nous réjouissions de voir s'établir entre les deux rivales bien connues un accord sans fin dans une unité parfaite : et voici, nous sommes déçus, nous nous trouvons en présence de deux rivales irréconciliables et que nous ne reconnaissons plus, tant elles ont été transformées dans la lutte, de deux rivales qui poursuivront désormais, sans jamais se rencontrer, leur route fatale, éternelle, évolutive. Au lieu de l'union promise, le dualisme initial. Voilà ce que M. Spencer nous propose. Mais séparer est une façon singulière d'unir, et n'est-ce pas railler que de donner le Connaissable, c'est-à-dire tout, à la Science, et l'Inconnaissable, c'est-à-dire rien, à la Religion ? Loin de concilier les croyances entre elles, la tentative de M. Spencer les supprime toutes en les réduisant à un fait ultime, qui sera sa religion, à lui, mais qui, en réalité, restera comme la négation de toutes les religions existantes ; concilier, ce n'est pourtant pas supprimer ! Par conséquent, dès que quelque chose sera connu ou connaissable, cela rentrera dans le domaine de la science ; la science absorbe tout : elle engloutit la religion. Dans sa préface du

Cours de philosophie positive, Littré, examinant le système de l'Inconnaissable, trouve, avec raison, que la conciliation n'en est pas une : « Il y a, dit-il, non conciliation, mais absorption. » La foi, en effet, pourra se plaindre de ce qu'on lui a donné « un mot vide en place de ses réalités » (Littré). Il est piquant de rencontrer cette critique sous la plume d'un positiviste.

b) Voici notre seconde critique. M. Spencer a confondu le sentiment religieux avec le sentiment de l'Inconnaissable, la Religion avec la Nescience. Un critique anglais, M. le professeur Birks, a dit que la religion, pour M. Spencer, « équivaut à Nescience ou ignorance, tout simplement ». Littré avait déjà dit : « On donne une hypothèse pour un fait, quand on assure que le sentiment de l'incognoscible et le sentiment religieux sont identiques. »

M. Spencer a confondu un empire avec une frontière. Le sentiment religieux s'attache à un objet, et le sentiment de l'Inconnaissable à une limite; mais tous les efforts de l'auteur des *Premiers Principes,* pour faire de cette limite un objet, ont échoué. Sa foi à l'absolu inconnaissable est sans doute très grande : cet Inconnaissable est la seule *réalité,* tout le reste n'est qu'illusion et symbole auprès d'elle : mais, quelque puissante qu'elle soit, cette foi aveugle en un Inconnaissable indéterminé n'en est pas moins insensée. Aussi cet agnosticisme aboutit-il à deux doctrines extrêmes : d'une part, par la foi en un absolu pur, il aboutit à un mysticisme effréné et irrémédiablement aveugle : l'Inconnaissable, c'est le Nirvânah; la Réalité absolue que M. Spencer proclame et contemple, c'est le vide absolu; — d'autre part, comme tout ce qu'on connaît n'est que matière et que force, comme cette matière connaissable se suffit à elle-même et est éternelle, nous aboutissons au matérialisme le plus hardi.

Mysticisme et matérialisme : voilà ce que M. Spencer concilie. Mais ce n'est pas tout. L'Inconnaissable n'étant ni un être, ni une personne, ni une providence, ni rien de concevable, est pour nous lettre morte, néant. Oui, c'est le néant. Et c'est là ce qu'il faut adorer ! C'est en cela qu'il faut s'abîmer dans je ne sais quelle rêverie mystique et en se plongeant éperdument dans la réalité vide ! Puis, le Tout connaissable et le Néant inconnaissable finissent par s'accorder, puisque, comme nous l'avons vu, ils ont un même nom ; ils s'appellent la *Force pure*. L'identité de l'Être et du Néant se consomme donc dans la Force pure : *das Nichts ist dasselbe was das Sein ist*, avait déjà dit Hegel.

Supposons, malgré tout, que la Force pure, ici inconnaissable, là connaissable, soit la grande réalité, la substance enfin ! Dès lors, tout l'Univers n'en est que la manifestation ; les phénomènes n'en sont que les « signes ». C'est bien dans cette voie que l'on arrive au panthéisme. Il est assez fâcheux, à notre avis, de placer la réalité dans une substance hypothétique, et de mettre tous les phénomènes et le monde où nous vivons dans l'illusion et l'apparence. Le tort de M. Spencer est d'avoir fait des phénomènes, de purs symboles, de simples apparences, et d'avoir mis la réalité dans un domaine inaccessible : ce qui le fait aboutir à l'illusionisme, ou encore à un idéalisme voisin de celui de Hume et de Berkeley. Comme ces derniers, il détruit, en dernière analyse, le monde spirituel et le monde matériel, puisque tout, dans ces domaines, n'est qu'illusion, et que ce qu'on pourrait appeler la réalité nous est complètement inconnu. De là au nihilisme, je crois qu'il n'y a pas même un pas.

Poussons plus loin, si l'on peut aller plus loin que le nihilisme : il y a encore l'éternel vertige de l'évolution. Les phénomènes, les apparences sont en effet des « modes de force », comme dans le panthéisme de Spinoza ; et voilà le néant qui tourbillonne éternellement dans l'infini ! Arrêtons-nous : il y a quelque temps que nous ne nous comprenons plus.

c) Nous avons dit que « l'Inconnaissable » de M. Spencer était un objet de religion. On peut dire que cette nouvelle religion a sa dogmatique.

Pour échapper à l'hégélianisme et au nihilisme, notre philosophe agnostique s'est laissé aller à en dire long sur l'objet de sa foi ! Il a défini l'Inconnaissable : « cette puissance dont l'Univers est la manifestation ». Qu'en sait-il ? — Ailleurs, il l'appelle la « cause de toutes choses » (*Premiers principes*, p. 88). Qui le lui a dit ? — Ailleurs encore, il nous démontre sa *réalité positive;* on sait, de plus, que cet Inconnaissable est une des faces de l'Existence ! C'est « un inconnu positif », dit-il encore. A la page 92 (1), il l'appelle « la *Force universelle* ». A la page 95, il nous raconte, sur son prétendu Inconnaissable, une longue histoire, presque un roman : il nous apprend qu'il n'est pas un être comme nous, que son mode d'existence est bien supérieur à la personnalité ; il va

(1) *Premiers Principes,* p. 85-95.

même jusqu'à nous dire qu'il est au-dessus de l'intelligence, bien plus élevé que la volonté parfaite que nous attribuons à Dieu, qu'il est en dehors du mouvement mécanique, etc. Quand les théologiens parlent de la nature de Dieu, je le demande, en disent-ils la moitié tant? D'où sait-il tout cela, lui, Spencer? Qui donc lui a fait connaître tant de choses sur son absolu inconnaissable?

Cet agnosticisme a donc sa dogmatique. J'ajoute qu'il a aussi une espérance, aussi vague d'ailleurs que l'eschatologie de certains théologiens est précise. Il nous prédit quelque part ce que sera la « religion de l'avenir ». Il réduit le sentiment religieux à « l'aptitude à admirer ». Ce sentiment grandira avec nos connaissances. Les « intelligences élevées » éprouveront des sentiments bien supérieurs à « ceux de l'homme civilisé de nos jours ». Il est probable, dit le prophète de la nouvelle religion contemplative, que ce sentiment (religieux) grandira plutôt qu'il ne diminuera par l'effet de l'analyse de la connaissance, qui, d'une part, le porte à l'agnosticisme, mais qui, d'autre part, le pousse à rechercher toujours le mot de la grande énigme à laquelle il sait bien qu'il ne saurait trouver de solution » (1). Le mystère est éternel et l'Inconnaissable toujours voilé.

On ne peut pas *penser*, on ne peut donc pas non plus *aimer* cet Inconnaissable; plus de sentiment religieux, rien que le sentiment poétique de la contemplation; plus d'élans vers la divinité inconnue, plus de culte, plus de prière! Rien que la froide et

---

(1) H. Spencer : *Principes de sociologie,* livre IV.

irrésistible contemplation d'un ciel à jamais fermé!

Conséquences pessimistes. — Beaucoup considè-
reront, avec raison, cette œuvre comme manquant
de sérieux et de fondement. Ils répudieront *cet
agnosticisme* comme contradictoire et même comme
immoral. Le cœur, la volonté, la conscience morale
ne sont même pas nommés; on n'en tient aucun
compte dans un système qui pourtant prétend rendre
compte de tout!

J'ai dit que cette philosophie avait produit de tris-
tes effets dans la société contemporaine. Déjà, on peut
juger de l'arbre par ses fruits.

Tel, l'épicurisme de la Rome païenne voyait s'évanouir devant sa philosophie dissolvante, et profondé-
ment pessimiste au fond, les vieux rêves du polythéisme
et l'antique illusion des dieux déchus : telle aussi,
l'Evolution matérialiste croit voir s'évanouir devant ses
rêves insensés, ses négations hardies et sa philosophie optimiste à la surface, mais au fond bien pessimiste, les nobles restes de nos chères croyances et les
sublimes vérités que proclament nos églises, nos con-
sciences et nos cœurs! Tout positivisme conséquent
aboutit au pessimisme par le principe même de l'in-
térêt et du plaisir. Au fond de la coupe des délices se
trouve l'amertume, disait, je crois, Lucrèce. C'est
souvent au milieu des fleurs que l'angoisse saisit
l'âme. — M. Spencer, en Angleterre, a tendu la main
vers l'Allemagne, aux Hartmann et aux Schopenhauer, et, comme dans une entente funeste, ils ont
fait passer dans notre vieux monde déjà si éprouvé
et dans notre patrie déjà si énervée, le souffle amer
et desséchant du pessimisme.

Le positivisme, d'abord, fit son œuvre ; détachant l'homme des questions religieuses, il lui enleva du même coup les nobles sentiments que lui inspirait son origine divine et les sublimes espérances qui l'excitaient au progrès, en faisant scintiller dans son ciel parfois nuageux l'étoile lointaine mais brillante du bonheur !

Le déterminisme, ensuite, fit son œuvre. Un grand nombre de philosophes, parmi lesquels on retrouve les Spencer, les Hartmann, les Schopenhauer, le répandirent : il était d'autant plus perfide qu'il revêtait toutes les apparences de la liberté. Le déterminisme est encore aujourd'hui à la mode : il est si commode d'étouffer la responsabilité morale après que l'on a nié la liberté !

Le pessimisme, enfin, achève l'œuvre. Quand il n'y a plus ni liberté, ni espérance dans le cœur de l'homme, le désespoir n'est pas loin. Et quand ce pessimisme mortel prend les formes séduisantes et usurpe jusqu'au nom même de l'optimisme, quand ce démon se présente sous les traits d'un ange de lumière, quand il formule des rêves d'avenir aussi beaux que l'imagination peut les faire, quand il élève enfin sa doctrine sur des contradictions, sur des inconcevabilités et sur des ruines, oh ! alors — triste preuve de l'aveuglement des hommes ! — la faveur populaire s'empare de ces noires idées, heureuse d'y abriter son scepticisme, d'adoucir ses maux en les maudissant, et de trouver pour guérir de la sombre réalité l'étourdissant remède de l'illusion.

Un poète agnostique, adepte de la religion froide de l'Inconnaissable, Leconte de Lisle, a traduit, dans ses *Poèmes barbares*, en un langage sonore comme l'airain, mais lugubre comme la nuit, toute cette philosophie qui sème le doute, la négation et le désespoir :

> Vertu, douleur, pensée, espérance, remords,
> Amour qui traversais l'univers d'un coup d'aile,
> Qu'êtes-vous devenus ? L'âme, qu'a-t-on fait d'elle ?
> Qu'a-t-on fait de l'esprit silencieux des morts ?
>
> Tout ! tout a disparu sans échos et sans traces,
> Avec le souvenir du monde jeune et beau.
> Les siècles ont scellé dans le même tombeau
> L'illusion divine et la rumeur des races.

Quant à l'espérance suprême que l'on offre au monde, la voici :

> Et ce sera la Nuit aveugle, la grande Ombre
> Informe, dans son vide et sa stérilité,
> L'abîme pacifique où gît la vanité
> De ce qui fut le temps et l'espace et le nombre (1).

C'est un sanglot, cette dernière vision.

Dans les conséquences pessimistes de la philosophie positiviste contemporaine, peut-être doit-on voir un pas vers la religion ? Pour pénétrer dans le sanctuaire du Christianisme vivant et vrai, ne faut-il pas avoir souffert de sa raison, et gémi sur les maux et les douleurs de l'humanité ? En un sens, bien différent, il est vrai, de celui de M. Spencer, ne faut-il pas avoir été agnostique, éperdûment croyant et pessimiste ?

Ne nous y trompons pas, cependant : l'agnosticisme

---

(1) Leconte de Lisle : *Poèmes barbares* (la dernière vision).

que nous venons d'étudier, dans sa forme rigoureuse et exclusive, est incompatible avec la foi chrétienne.

En effet, le positivisme dira toujours : la Science, c'est tout, en tout cas, tout ce qui importe ; quand au reste, c'est l'Inconnaissable, et cela ne sert à rien.

Le chrétien, lui, répond : « Quand même je connaîtrais tous les mystères et la *science de toutes choses*, si je n'ai pas la charité, cela ne me sert de rien » (1).

A la raison qui dit « *ténèbres* », le cœur a toujours répondu : « *lumière* » !

(1) I Cor. xiii, 3.

CONCLUSION

AGNOSTICISME ET CHRISTIANISME

Le véritable agnosticisme nous paraît servir la cause du christianisme ; il est son allié naturel, non son ennemi. Seulement, il ne doit pas se fonder sur la contradiction, comme celui de M. Spencer. Le contradictoire n'est pas. Si une affirmation nous *paraît* contradictoire, l'attitude agnostique est la seule légitime, la seule possible, jusqu'à ce que l'affirmation ne paraisse plus contradictoire, dût-on attendre toujours ! Ainsi compris, l'agnosticisme peut être invincible : il se fonde en effet sur l'impossibilité rationnelle d'embrasser le terme ultime de la connaissance et de réaliser la synthèse unique des phénomènes. Ce terme ultime n'est pas l'Inconnaissable, car nous le concevons, par conséquent nous le connaissons « du côté de l'enveloppement de l'expérience », comme dit M. Renouvier.

L'incompréhensible que nous admettons, c'est un peu notre ciel bleu que le regard ne peut ni envelopper, ni embrasser dans son ensemble, mais dont il peut cependant contempler la surface azurée que limitent nos plaines et nos montagnes. Nous ne pouvons contempler que la surface connue de cet effroyable inconnu qui s'étend au-dessus de nous, nous enveloppe de toutes parts et nous écrase de son poids énorme.

La religion ne nous semble compatible avec la science qu'à deux conditions : c'est qu'elle reste dans les limites de la raison, en ce sens seulement qu'elle renonce à toutes les chimères que la critique a renversées de leur piédestal séculaire, et qu'elle se passe, par exemple, de l'Infini et de l'Absolu métaphysiques qui sont contradictoires, ainsi que nous l'avons assez vu dans les discussions de ce travail. En second lieu, la religion doit renoncer à comprendre *(comprehendere)*, à envelopper le terme dernier de la connaissance, même relative.

Si nous voulons faire une conciliation sérieuse entre la foi et la science sur le terrain de l'agnosticisme, nous devrions tenir compte de ces résultats, et nous nous adresserons à ce noble courant d'idées aujourd'hui représenté chez nous par MM. Renouvier et Secrétan, dans la ligne de Kant.

Une présomption en faveur d'une conciliation réelle est dans ce fait qu'on peut arriver à la vérité de deux façons : soit en partant de la foi comme d'un fait, — c'est pour le théologien le moyen le plus commode et peut-être le plus sûr, — soit en aboutissant à la foi, mais cela a été le moyen le plus long. La théologie a suivi la première méthode, la philosophie la seconde.

Le travail dogmatique des Pères peut avoir pour

devise le mot d'Anselme : *Fides quœrens intellectum.*
Partir de sa *foi*, de sa vie religieuse, et essayer de
comprendre ; partir de la lumière éblouissante de la
Révélation, et essayer de balbutier ces inexprimables
transports de l'âme régénérée ; partir du cœur pour
satisfaire ensuite la raison qui demande à formuler
cette vie, voilà la grande méthode en religion. C'était
celle de Justin Martyr ; c'était celle d'Athanase ; ce
fut celle de saint Augustin, après sa conversion, et de
son maître Ambroise. Tous les Pères ont suivi cette
route et l'Église après eux. Ils suivaient eux-mêmes
Jésus-Christ !

L'œuvre gigantesque de toute la philosophie, d'autre
part, depuis Socrate, le grand agnostique de l'anti-
quité (puisqu'il ne savait bien qu'une chose, c'est
qu'il ne savait rien), jusqu'à M. Spencer, l'un des
grands agnostiques de nos jours, pourrait avoir pour
devise : *Intellectus quœrens fidem!* Reconnaître les
limites du savoir, la profonde ignorance où nous
sommes des principes, des causes et des fins dernières, n'est-ce pas affirmer cette importante vérité
que l'intelligence n'est pas tout et qu'il y a des choses
qui la dépassent? Auguste Comte lui-même n'a fait
que servir la cause de la foi, en proclamant l'agnosticisme, et ce n'est pas là un paradoxe! Le *Cours de
Philosophie positive*, c'est saint Augustin préparé
par A. Comte ; c'est le *quia absurdum* attendant son
credo! Cela est vrai de toute la philosophie ; quand la
raison fait son enquête et essaie de tout connaître, il
arrive un moment où elle rencontre une borne. Elle
doit alors s'arrêter. Si, orgueilleuse, elle veut aller
plus loin, elle tombe dans un abîme, l'abîme de

Hegel; elle devient folle et tourne dans un cercle; voilà le vrai vertige mental, la folie de Comte et celle de Littré.

Mais si, sage et humble, elle avoue son impuissance, si elle abdique la royauté universelle, elle n'en deviendra que plus puissante et sera vraiment reine dans le royaume de la science. Quoi qu'il en soit, *elle cherche;* la philosophie prépare la foi : *Intellectus quœrens fidem !*

Telles sont les deux grandes tendances de la pensée. N'y aura-t-il jamais une rencontre? Il le semble, et c'est tout au moins une présomption en faveur d'une conciliation.

Abordons nettement le problème. D'abord, y a-t-il conflit entre la science et la religion, et lequel? L'expérience prouve qu'il y a des luttes sans trêve entre certains savants et certains croyants : tant qu'il y aura ici-bas de l'ignorance et des passions, il y aura de ces luttes. Mais on ne peut pas dire, au nom de l'expérience, qu'il y ait lutte entre *la Religion* et *la Science !*

La Religion est une formule sans contenu réel; la Science de même : il faut se garder des généralisations illégitimes. La Religion, synthèse de toutes les religions, c'est un ensemble d'éléments hétérogènes et discordants. Concilier les religions entre elles n'est pas fonder *la* religion, c'est les supprimer toutes et donner à leur généralisation vide de sens un nom plus vide encore. Nous rejetons donc cette panacée universelle qui serait l'unique foi de l'avenir et sous les ténèbres infinies de laquelle notre humanité et notre univers poursuivraient leur course évolutive à travers l'espace et le temps, ces manifestations incompréhensibles, — par le mouvement, cette notion qui nous échappe, — grâce enfin à la Force, ce symbole d'un autre symbole! — Quant à la Science, c'est un tout à réaliser, que dis-je? irréalisable. On ne peut parler, comme l'ont fort bien établi toutes les théories sérieuses de la relativité de la connaissance, que *d'essais* en fait de science.

Le problème de la réconciliation n'a de sens que s'il consiste à unir la *raison* et la *foi,* l'esprit et le cœur. Pratiquement, il n'a de sens que s'il consiste à concilier *ma* religion, mon christianisme, avec les résultats scientifiques, auxquels, pour faciliter le langage, je puis bien donner le nom de science, comme au christianisme le nom de religion.

C'est le *principe d'identité* qui nous donne la méthode que nous allons appliquer; on sait qu'en le décomposant en ses éléments, on aboutit à une méthode rationnelle fort sûre, qui consiste à *distinguer* deux termes, à les *unir,* à les *déterminer.*

1° *Distinguons* la religion et la science. — La science, c'est le domaine de la relativité, c'est l'expérience actuelle et possible; l'esprit, dans ce domaine, constate, observe, coordonne, induit, déduit. Il cherche à comprendre le monde sans y parvenir : la chaîne invariable des antécédents et des conséquents lui échappe par les deux bouts. Bien plus, l'esprit constate une certaine contingence, un certain indéterminisme dans la nature, qui laissent place à la liberté. C'est par là que nous abandonnons le positivisme; la science n'est pas toute la pensée. L'esprit cherche non pas seulement des vérités, mais la vérité; il a conscience des réalités supérieures, de tout un monde incompréhensible, et essaie de remonter aux principes premiers ; mais de tout cet effort, il ne reste que la constatation des limites. Néanmoins, cette recherche a un nom : *la philosophie*, qui, d'après cela, n'est qu'une méthode.

La religion ou, si l'on veut, la croyance est bien encore du domaine de l'esprit. « La religion est, quoi qu'on en dise, un élément essentiel de notre vie, la fonction centrale et synthétique de l'esprit » (M. Secrétan, *Le Principe de la Morale*, p. 56). Mais elle appartient aussi et surtout au domaine de la *volonté* et du *cœur*. C'est par le sentiment qu'elle se distingue essentiellement de la philosophie et de la science. La morale est intimement unie à la religion. La religion est morale, la morale est religieuse : elles ne vivraient pas l'une sans l'autre. La croyance morale et la foi chrétienne ont une même source dans la liberté et la conscience. Science et philosophie, pour le problème cosmologique, répondent au *comment;* le *pourquoi* leur échappe, et ce n'est que la religion qui en dit un mot à ceux qui savent écouter la conscience et le cœur. — Avant tout, la religion est donc une vie. Elle est l'ensemble des rapports entre l'homme et Dieu, « la vie absolue », « la fonction centrale », comme l'appelle notre Secrétan : « C'est une fonction concrète où le sentiment, la pensée et la volonté sont également intéressés et ne se séparent point » *(Principe de la Morale*, p. 65).

2° La science et la philosophie, voilà le savoir. La morale et la religion constituent le croire. Comment *unir* ces deux termes ?

a) D'abord, en proclamant l'agnosticisme. Oui, l'esprit arrive vite au bout de la science; « l'esprit géométrique », comme Pascal appelait la raison, aboutit vite à l'inconnu. La fin des choses, les principes premiers, sont impénétrables, on ne saurait trop le répéter aux savants exclusifs comme aux dogmaticiens prétentieux. L'Absolu, s'il existe, est tout au moins inaccessible; le mieux est donc, même au cas où il existerait, de ne jamais en parler. Lui appliquer l'analyse, c'est ne pas comprendre qu'on ne le comprend pas. L'appeler Nécessité, c'est le déterminer; l'Être absolu deviendrait alors le fatum antique; le monde ne serait plus que déterminisme, et le hasard serait au cœur des choses. L'appeler Liberté, sans le déterminer, c'est le détruire, car l'absolue liberté serait l'indétermination totale : le déterminer, ne pas le déterminer, c'est la même chose. Donc, donner à tout ce qui nous dépasse et que j'appelle l'*incompréhensible*, un nom plus particulier que celui-là, me paraît une entreprise aussi inutile qu'illogique. Au-delà de la connaissance, qu'y a-t-il? Nuit, nuit, abîme de ténèbres!... Où est le vrai? où est la réalité? Dans l'incompréhensible bien certainement : seulement, qui nous le révèlera? L'âme en face de l'inconnu est comme oppressée, et l'esprit comme frappé de vertige; mais, voici, en cherchant et en tâtonnant, l'homme sent au cœur comme l'étreinte d'une réalité mystérieuse, mais bien certaine. Il entend du fond obscur de son être une voix catégorique qui lui crie : tu dois! Cette voix qui l'oblige le fortifie : il est donc quelque chose, il va donc quelque part! Cette première découverte en nécessite une autre. Si je dois,

ne faut-il pas je sache par qui? que je sache où je vais?
pourquoi je me sens si faible, si ignorant? La Révélation chrétienne est là pour répondre. Un homme
qui s'est appelé Fils de Dieu, déchire partiellement le
voile du mystère. Il est *la lumière du monde*. Il
éclaire la nuit. Il ouvre le ciel. Il nous semble que
c'est là, esquissée à grands traits, la méthode à suivre
pour concilier l'agnosticisme et le christianisme.

b) Mais poursuivons : le savoir et le croire s'unis-
sent en second lieu dès qu'il s'agit d'établir la réalité de l'existence. Les sciences supposent l'existence
sans pouvoir établir sa certitude.

Je suis. Ce qui me permet de l'affirmer, c'est la
distinction que je fais entre moi et le monde exté-
rieur. On ne dit *moi* que quand on a constaté le non-
moi : ce qui fait que le premier acte de l'homme en ce
monde n'est pas égoïste. Inconsciemment, ô candeur
de la première pensée! il dit « *tu es* », avant de dire
« *je suis* ». C'est donc la distinction du moi et du
non-moi, c'est-à-dire la conscience psychologique
(simple fonction de mon esprit), qui me conduit à
affirmer l'*être*.

Nous arrivons à un résultat analogue par l'étude
des religions : toutes les croyances supposent au
moins l'existence; elles ont leur fondement dans la
distinction du moi et du non-moi, puisqu'elles ont
pour but l'union de l'homme et de la divinité.

Le point de contact de la science et de la croyance,
c'est donc l'être, non l'Inconnaissable. Mais qui nous
assurera que l'esprit qui affirme l'être ne se trompe
pas? Qui nous garantira le témoignage de la conscience psychologique et fondera du même coup la

science par la proclamation de la véracité de l'esprit, et la religion par la révélation lumineuse de tout un monde ?

. Ce point commun ne doit avoir qu'un nom, car tout n'a qu'une base : aussi loin qu'on aille dans la science et dans la religion, on doit s'arrêter à ce fait positif, à l'être. Mais si ce fait commun n'est pas lui-même fondé sur quelque chose de réel, tout s'appuyant sur lui ou partant de lui, s'écroulera dans le néant. Ce point d'appui de l'être, où le trouver? Le sceptique ricane et triomphe : l'idéaliste, pour sortir de la difficulté, proclame désespérément dans un suprême effort de pensée, mais aussi dans une suprême contradiction, l'identité de ce néant où tout s'abîme, et de cet être où tout s'appuie.

N'y a-t-il, pour tout dire, que le choix entre Pyrrhon ou Hegel? Non. Une voix s'est élevée dans la philosophie du siècle dernier, voix puissante qui a rappelé la pensée du doute ou du néant. Le grand sage de Kœnigsberg a vu les deux abîmes et les a évités tous deux en fondant la certitude sur la liberté, sur la morale, sur le devoir. Saluons avec respect et admiration celui qui nous a appris à tous qu'une théorie philosophique ou religieuse n'est *vraie*, n'est certaine que si elle se fonde sur la loi morale. Tout peut être ébranlé, les doctrines peuvent chanceler, les systèmes vieillir, les dogmatiques se transformer, une chose restera : le « tu dois » que chacun entend dans sa conscience et par lequel nous ressaisissons le monde, la religion, l'immortalité, Dieu.

Qu'on interprète comme on voudra le « *je dois, donc je suis* », la foi morale est proclamée, la réalité de l'être est acquise. La morale enveloppe tout; elle fonde la réalité. Il s'agissait d'unir le témoignage de l'esprit à la certitude de la conscience morale. Il fallait franchir le passage de l'être à la certitude de l'être. Le pas est fait. Je dois croire que je dois : c'est l'obligation absolue, le premier devoir, le grand *a priori*. Je dois, donc je suis. Le devoir enfante la foi, et la foi la vérité. — La conscience de l'existence reconnue véridique par la conscience morale, voilà la solution, à ne nous en tenir qu'à un point de vue large et philosophique.

3° Nous avons enfin à *déterminer* les deux termes que nous avons *distingués* d'abord (non séparés), puis *conciliés* sur le terrain de la conscience morale. A la base de la religion, la foi morale; à la base de la science, la foi morale. Mais qu'est cette foi, sinon la chaîne à laquelle tout s'accroche? A y bien réfléchir, la foi chrétienne n'en est que le prolongement. La foi, c'est donc la religion : la religion n'est pas le produit d'une faculté, elle embrasse tout l'être, unit toutes nos fonctions, toutes nos énergies. Elle est, dans son sens étymologique, en tout cas moral, *le lien* qui unit le sentiment, la volonté et la pensée : voilà pour l'homme. Elle est la chaîne d'or qui unit l'être et le monde entier à Dieu : voilà pour l'humanité. La science amène à la philosophie et celle-ci à la religion. Tout est croyance, donc tout est religion. Nous faisons absorber la science par la religion : et loin de la nier, nous l'élevons au contraire bien haut, car, comme la religion, elle devient ainsi éternelle et d'essence divine ! Elle ne perd rien de sa liberté : dans la religion, tout est liberté. Elle gagne à cette conci-

liation une idée féconde, celle de la finalité de toutes
choses vers le bien suprême qui est la raison de tout,
l'origine de tout, la fin de tout !

Tout est religion. L'Univers est le temple de Dieu.
La science est ce que nous pouvons en connaître,
les phénomènes et les lois. La philosophie est ce que
nous pouvons en comprendre, les rapports de ces
phénomènes, leur explication, leur limite. La religion
proprement dite est ce que nous pouvons en aimer,
la personne même de Dieu, dont nos rêves ne peuvent
reproduire la beauté, dont nos cœurs ne peuvent sonder l'amour.

La science est la conscience de l'humanité, la philosophie en est la raison, la religion en est le cœur.
L'humanité est un être dont les trois fonctions sont
la science, la philosophie et la religion. Ce sont trois
formes différentes d'une même chose : elles expri-
ment l'unité de l'Être humain dans une sorte de
nouvelle trinité. Entre l'homme et Dieu, il y a la
religion : elle est une puissance d'union. Elle unit
nos facultés, elle unit les hommes, elle unit l'homme
et Dieu. Le mot de la religion, c'est *l'Amour*.

Eh bien ! c'est notre amour et notre adoration que
nous venons apporter, c'est notre raison, c'est notre
cœur que nous venons briser, comme jadis Marie le
vase de parfums, aux pieds de Celui qui est venu
parler à la pauvre âme humaine d'amour et de gloire !
C'est quelque chose de croire et de croire à un Sau-
veur pour une âme qui a été ballottée par les flots du
doute. C'est quelque chose d'étancher sa soif de
lumière et de vie aux sources de la liberté. C'est
quelque chose, après qu'elle a quelque temps erré

dans des ténèbres prétendues impénétrables, de pouvoir, par un acte de foi d'autant plus sublime qu'il est décisif, se jeter toute frémissante d'espérance dans le christianisme triomphant! Et c'est sous une croix que cessent ses recherches, parce que c'est là qu'ont cessé ses douleurs. Elle s'identifie avec la sainte victime du Calvaire, et ainsi, à tous égards, elle est sauvée.

L'ignorance reconnue est une force : elle appelle, elle nécessite la Révélation.

Quand, par nous-mêmes, nous essayons de sonder l'incompréhensible et de connaître ce qui nous dépasse, nous nous heurtons le front contre un mur. Laissons donc les domaines inaccessibles à l'imagination folle et vertigineuse. Ne confondons jamais le sentiment religieux avec le sentiment de l'inaccessible. Que la poésie nous berce dans cette immensité pleine de ténèbres, qu'elle dupe délicieusement la raison qui veut bien sommeiller une heure : rien de plus légitime, de plus séduisant! L'adoration dans le culte chrétien pourrait même unir les élans d'une piété profonde au mysticisme vague et aux visions éthérées d'une imagination de poète. Mais là où la révélation de Jésus-Christ a jeté sa lumière, ce n'est plus de poésie, c'est de vérité, c'est de réalité qu'il faut parler.

Pendant le jour, quand la lumière nous inonde, le ciel se couvre d'un voile d'azur et nous cache ses trésors. Au contraire, pendant la nuit, quand les ténèbres enveloppent et recouvrent d'un grand manteau noir la terre endormie, le ciel, lui, s'illumine et

découvre à nos regards éblouis ses feux et ses dia-
mants !

Le monde de la foi n'est pas autre chose que ce ciel
qui se dérobe le jour, c'est-à-dire quand la raison
seule nous éclaire, et qui se découvre et se dévoile la
nuit, c'est-à-dire quand la raison humiliée et impuis-
sante s'incline devant la révélation.

L'agnosticisme est la condition du christianisme :
c'est pendant la nuit qu'on voit les étoiles !...

THÈSES

I

La méthode du criticisme français n'est pas incompatible avec la foi chrétienne évangélique.

II

La formule du dogme est secondaire, puisqu'elle varie (preuve en soit l'histoire tout entière des dogmes). Le dogme est cependant nécessaire. C'est pour n'avoir pas admis cette dernière nécessité que certaine théologie n'a fait consister le christianisme que dans une vie.

III

La certitude est d'ordre moral : c'est un acte de foi. De là vient que *tout est croyance*. Le vrai criterium de certitude n'est pas celui de l'évidence, c'est celui de la croyance.

IV

Une philosophie ou une théorie religieuse ne sont vraies que si elles se fondent sur la loi morale. « Toute religion où la conscience ne joue pas le rôle principal, n'est qu'une poésie ou un philosophème, et ne tarde pas à se perdre dans un panthéisme ouvert ou désavoué » (Vinet).

c — 6

V

Un chrétien doit admettre que la Bible a une autorité souveraine en matière de foi : mais c'est une autorité *morale...*

Il serait temps qu'elle cessât de prendre, dans le protestantisme éclairé, le caractère que le pape revêt dans le catholicisme.

VI

La conversion (dont les phases sont la repentance, la justification par la foi et la régénération par l'Esprit saint) est le grand fait qui séparera toujours le chrétien évangélique de celui qui ne l'est pas.

VII

Notre Eglise réformée devrait être plus conquérante et plus progressive, chercher davantage à pénétrer les masses qui l'entourent et qui l'ignorent. Elle n'a pas un caractère assez *missionnaire*.

Vu par le Président de la soutenance :

Montauban, le 31 mai 1889.

E. DOUMERGUE.

Vu par le Doyen :

Montauban, le 31 mai 1889.

Charles BOIS.

Vu et permis d'imprimer :

Toulouse, le 2 juin 1889.

Le Recteur,

Cl. PERROUD.

TABLE DES MATIÈRES

———

20

www.ingramcontent.com/pod-product-compliance
Lightning Source LLC
Chambersburg PA
CBHW060441260626
47161CB00005B/2030